Curt Goetz:

Die Memoiren des Peterhans von Binningen

Deutscher
Taschenbuch
Verlag

Von Curt Goetz
ist im Deutschen Taschenbuch Verlag erschienen:
Die Tote von Beverly Hills (155; auch als dtv großdruck 2594)

Lizenzausgabe
1. Auflage September 1988
Deutscher Taschenbuch Verlag GmbH & Co. KG, München
Mit freundlicher Genehmigung
der Deutschen Verlags-Anstalt GmbH, Stuttgart

Umschlaggestaltung: Celestino Piatti
Gesamtherstellung: C. H. Beck'sche Buchdruckerei, Nördlingen
Printed in Germany · ISBN 3-423-25006-2
2 3 4 5 6 7 · 94 93 92 91 90 89

Das Buch

Als kleiner Knirps hat er seine ersten wirkungsvollen Auftritte in der Privatklinik der Mutter. Schon hier entwickelt er den Ehrgeiz, besonders trübsinnige Patienten zum Lachen zu bringen. Und der Erfolg festigt sein Selbstvertrauen. Vor die Wahl gestellt, die Mediziner- oder Theaterlaufbahn einzuschlagen, entscheidet die wirtschaftliche Situation der Eltern – gegen ein Studium. Aus dem Old Shatterhand der Kinderspiele wird durch die Gunst des Schicksals der gefeierte Bühnenheld. Diesem Peterhans von Binningen alias Curt Goetz sitzt zeit seines Lebens der Schalk im Nacken, und seine Memoiren gleichen einem Feuerwerk, in dem die Pointen einander jagen.

Der Autor

Curt Goetz, geboren am 17. November 1888 in Mainz, besuchte das Gymnasium in Halle und war Schauspieler in Rostock, Nürnberg und Berlin. 1923 heiratete er Valérie von Martens, mit der er seit 1925 Gastspielreisen mit eigenen Stücken unternahm. Ihre gemeinsamen Darstellungen sind aus dem Theaterleben der zwanziger Jahre nicht wegzudenken. 1939 ging Curt Goetz nach Hollywood. 1945 kehrte er in die Schweiz zurück und starb am 12. September 1960 in Grabs bei St. Gallen.

dtv großdruck

Inhalt

Prolog 7
Halle an der Saale 9
Abschied von Homer 14
Räuber im Heidekrug 20
Erster Schritt ins Leben 28
Dramatischer Unterricht 42
Brief von Mütterchen 49
Tante Elly 53
Der Verrat 64
Das Schicksal pocht 72
Rostock in Mecklenburg 91
Der Geist von Hamlets Vater 108
Kapitel der Miesitäten 125
Die lustige Geschichte von der traurigen Wirtin 127
Die Geschichte von dem rollenden Hütchen . 130
Die Geschichte von den geduldigen Briefen . . 133
Der erste Lorbeerkranz 137
Mord in der Kleinstadt 142
Abschied 151
Nürnberg 155
Das Duell 164
Nach Berlin 173
Interlog 179

Für Valérie – natürlich

Prolog

Ich träumte, ich stand am Ende meines Weges, und der Tod kam mir entgegen.
»Schon?«
Er nickte.
»Das war alles?« fragte ich.
»Das war alles, was du daraus gemacht hast.«
Wir gingen schweigend nebeneinander.

»Ich habe dich ein paarmal veräppelt. Ich hoffe, du bist nicht kleinlich?«
»Ich bin in der Tat nicht kleinlich«, sagte der Tod.
»Ich hätte gern noch meine Memoiren geschrieben.«
»Werden sie komisch?«
»Du kommst auch drin vor.«
»Gut – aber beeile dich.«

Ich muß mich also beeilen.
Ich habe mir sagen lassen, eine Geschichte erzählt man am besten, indem man mit dem Anfang beginnt, sie zu Ende führt und dann sofort aufhört.
Ob ich bis zu Ende kommen werde, weiß ich nicht.
Aber anfangen kann ich ja mal:

Schaan, 1959 *Curt Goetz*

Halle an der Saale

Ostern 1906 bestand Peterhans von Binningen – er hieß natürlich anders, kein Mensch heißt Peterhans von Binningen – bestand Peterhans von Binningen zu seiner und seiner Freunde Überraschung das Einjährig-Freiwilligen-Examen am Stadtgymnasium zu Halle an der Saale.

Halle an der Saale war eine reizende Stadt.

Doch!

Es soll zugegeben werden, daß kein Mensch, der die Große Ulrichstraße passierte, sich darauf versteift hätte, nun auch die Kleine kennenzulernen; und in der Geiststraße mußte auch ein mit Heuschnupfen Bewaffneter feststellen, daß hier infolge der zahlreichen beiden Delikatessengeschäfte der Käse nicht nur über den Geist triumphierte, sondern auch über die Braunkohle, die sonst allenthalben ihre führende Rolle behauptete in jenem charakteristischen Dreigestank von Kohle, Käse und essigsaurer Tonerde, der wie eine Glocke über der Stadt hing und in der für die Bürger zum Einatmen bestimmten Luft lag, einer Luft, die auch durch die Wiederausatmung seitens der Hallenser nicht besser wurde.

Dennoch und um so bemerkenswerter ist es, behauptet der Chronist, daß obige muffige, sauere Atmosphäre, von Generationen inhaliert, verarbeitet und wieder abgegeben, auf das Kultur- und Geistesleben der Hallenser *fast* ohne Einfluß blieb. Denn Halle war eine kunstsinnige Stadt, und viele große Musiker hat sie in ihren Mauern verborgen gehalten.

Auch die Studenten liebten diese Stadt. Nicht so sehr wegen ihrer Universität als um ihrer Mädchen willen, die sich wiederum nicht so sehr durch besondere Schönheit auszeichneten als durch eine entwaffnende Natürlichkeit, mit der sie sich gaben, wie sie waren, und so oft man es von ihnen verlangte. Der Erfinder des Ausspruches »In Halle tummeln sich die Jungfrauen wie die Walfische in der Saale« war natürlich ein elender Zyniker, wenn auch anerkannt werden muß, daß er ein ausgezeichneter Kenner der faunischen Verhältnisse der Saale und ihrer Nebenflüsse gewesen sein muß; denn diese Gewässer führen wirklich keine Walfische.

Anstelle der fehlenden Walfische umspült die Saale im Tale romantische Inselchen. Zum Beispiel die Rabeninsel. Sie wird ihrer traulichen Abgeschiedenheit wegen von den Liebenden sehr gesucht und bald darauf ihrer Mücken wegen von eben diesen Liebenden verflucht. Dabei sollte man froh sein, daß es nur Mücken sind und nicht Raben, die sich bei der Auswahl ihrer Angriffsobjekte so wahllos gebärden.

Und dann die Burgen!

An der Saale die Burgen!

Wer kennt sie nicht: die Moritzburg und die Ruine Giebichenstein! Welch trutzige Festen! Erst kürzlich übertrotzten sie das Tausendjährige Reich, ohne sich umtaufen zu lassen.

An der Saale hellem Strande
Stehen Burgen, stolz und kühn.
Ihre Dächer sind zerfallen,
Und der Wind streicht durch die Hallen,
Wolken ziehen drüber hin ...

Das ist nett von den Wolken.

Und das müssen sie ja auch, es sei denn, daß sie vorzögen, um diese zugigen Ruinen einen Bogen zu machen.

Neben der Saale gibt es noch die Gerbersaale. Sie fließt mitten durch Halle, ist etwas gelber als ihre große Schwester. In ihrem Gefälle wurden Wellenbäder für die Hallenser errichtet. Manche führen aber auch die trübe Färbung auf die Gerber zurück, die dort ihr Handwerk treiben.

Wenn wir noch des Galgenberges Erwähnung getan haben, wo in alten Zeiten die Hallenser gehenkt wurden, so bleibt nur noch übrig, die Hallische Zwiebelleberwurst hervorzuheben. Und die Hallische Knackwurst. Auch die sogenannte Schlackwurst. Und in diesem Zusammenhang die Halloren. Halloren sind Hallenser, die die toten

Hallenser beerdigen. Sie haben das Privileg, dem jeweiligen Landeshaupt zum Neujahrstage eine Riesenschlackwurst und etwas Salz überbringen zu dürfen, wofür sie eine neue Fahne und ein Pferd erhalten. Daß sie aus dem Pferd die nächstjährige Schlackwurst machen, ist nicht verbürgt.

Fast hätten wir das Kaiser-Wilhelm-Denkmal vergessen!

Da reitet auf der Alten Promenade, gegenüber von Grüns Weinstuben, der alte Kaiser Wilhelm I., begleitet von Bismarck und Moltke – die zu Fuß gehen müssen –, in einem geräumigen Wasserbassin spazieren. Zwei nackte Meermädchen sind ganz außer sich über den hohen Besuch, fassen sich vor Entzücken an die dicken Busen – jede an den eigenen natürlich – und übergeben sich vor Freude. In hohem Bogen spritzen sie ihre Ergebenheit dem Monarchen vor die Hufe. Er sieht aber auch zu prächtig aus, der weißhaarige, ehrwürdige alte Herr in dem weiten wallenden Mantel der neuen Felduniform. Daß der greise Feldherr in der Eile der Mobilmachung seinen Helm vergessen hat, merkt man kaum. Barmherzige Studenten stülpten ihm in einer besonders kühlen Nacht eine Studentenmütze auf, die aber von der Feuerwehr wieder heruntergeholt wurde, weil sie erstens zu klein war und zweitens ganz schief gesessen hatte, so daß es aussah, als ob die drei Herren Grüns Weinstuben nicht erst zustrebten, sondern diese gerade verlassen hätten. Jedenfalls hatte der Streich zur Folge, daß nachträglich das Haupt des Monarchen mit einem Helm versehen wurde, während Bismarck und Moltke weiterhin die ihren – die Helme, nicht die Häupter – in den Händen tragen müssen, was ihnen im Sommer eher angenehm sein dürfte. Und im Winter ist das Denkmal sowieso mit Brettern vernagelt. Der Marktplatz ist nun freilich schön. Mit seinem Händel-Denkmal und seiner Marienkirche. Wenn diese innen so schön ist, wie sie von außen zu sein verspricht, so fällt das weniger ins Gewicht, da sie – wie alle evangelischen Kirchen – meistens geschlossen ist.

Das Schönste an Halle – nach der Überzeugung weitgereister Leute, sofern sie sich nicht genieren, diesen alten Witz anzubringen – sei jedoch Halles Hauptbahnhof, der infolge seiner Eigenschaft als wichtiger Eisenbahnknotenpunkt eine ideale Gelegenheit biete, diese Stadt nach allen Himmelsrichtungen hin zu verlassen.

Glaubt ihnen nicht! Halle an der Saale beherbergt Peterhans von Binningens Schülerliebe!

Sie war, ist und bleibt also eine reizende Stadt!

Abschied von Homer

Was das eingangs erwähnte Examen anbelangt, so ist es nicht unwahrscheinlich, daß die von Peterhans flüchtig erwähnte Absicht, mit dem Einjährigen-Zeugnis die Schule zu verlassen, wesentlich zu der reibungslosen Erteilung dieses Zeugnisses beigetragen hat. Wenn das Lehrerkollegium in einem Punkte übereinstimmte, so in dem, daß es gut sei, Peterhans von Binningen loszuwerden. Eine Ausnahme bildete sein Ordinarius, Doktor Rammelt, der einen Narren an ihm gefressen hatte, weil Peterhans gut Homer lesen konnte. Und wenn bei der Schilderung des Sturmes das »trichta te kai tetrachte« hingeknallt wurde, daß du die Maste brechen hörtest, während in dem »is anemoiiiii – o« der Wind abflauend in dem zerfetzten Takelwerk nachheulte, so strahlte Rammelt vor Entzücken und brüllte: »Das ist Kunst, meine Herren!« Und sah dabei die Klasse wütend an.

Aber sonst trauerte ihm wohl niemand nach. Auch Herr Thiedicke nicht. Herr Thiedicke war eigentlich Vorschullehrer und hatte am Gymnasium nichts zu suchen. Da geschah es, daß eine Order ausgegeben wurde, alle Schüler des Gymnasiums mit schlechter Handschrift, gleichgültig, ob Primaner oder Sextaner, hätten sich zu einer gemeinsamen Schönschreibstunde zu versammeln. Jeden Mittwochnachmittag von sechs bis sieben.

Die Empörung war grenzenlos.

Und Herr Vorschullehrer Thiedicke, von dem diese dankenswerte Anregung ausging, habe in »uneigennütziger Weise« sich bereit erklärt, diese Stunde selbst abzuhalten.

So, so!

Als sie das erste Mal anberaumt war, als sich die wütenden Pennäler in einem Klassenzimmer vereinigt sahen, in dem alle Sorten von Bänken – große, kleine und ganz kleine – vorsorglich bereitgestellt waren, drehte Peterhans kurzerhand das Gaslicht aus. Es war Winter und um diese Zeit schon stockfinster. Herr Thiedicke spähte vergeblich den langen Korridor entlang nach einem beleuchteten Klassenzimmer. Alle Türen standen offen. Aus jeder gähnte schwarze Finsternis. Zwei- bis dreimal sah man die Silhouette des Herrn Thiedicke im Rahmen des Türausschnittes auf dem matt erleuchteten Korridor vorbeigeistern. In der Klasse war die Stille eines Kirchhofes. Plötzlich kicherte doch irgend so ein Lausesextaner. Herr Thiedicke hatte es gehört. Er tastete sich in die Tür. »Wer hat hier das Licht ausgedreht?«

Totenstille.

»Nun?«

Totenstille.

»Wird sich der Betreffende melden?«

Es war so still, daß man eine Fliege ihre Fühler putzen hörte.

»Wenn sich der Betreffende meldet, soll ihm nichts geschehen. Wenn nicht, bin ich gezwungen, den Direktor zu holen.«

Stille.

»Ich zähle bis drei. – Eins ... zwei ... drei ...!«

Nachdem er ausgezählt hatte, tastete er sich wieder hinaus. Es dauerte fünf Minuten. Dann kam er zurück. Mit dem Pedell, der das Licht anzündete, und dem Direktor.

»Wer hat das Gas ausgedreht?«

Peterhans erhob sich ohne Zögern.

»Warum meldeten Sie sich nicht? Obwohl Herr Thiedicke Straffreiheit zusicherte?«

»Ich habe mich die ganze Zeit gemeldet«, sagte Peterhans mit ruhiger, artiger Stimme, »aber Herr Thiedicke hat das wohl in der Dunkelheit nicht gesehen.«

Der Direktor verließ ruckartig das Klassenzimmer. Thiedicke starrte ihm nach. Dann stierte er ins Antlitz der brüllenden Horde. Dann war er verschwunden. Von einer Schönschreibstunde war nie mehr die Rede.

Auch sein Deutschlehrer dürfte Peterhans nicht nachtrauern. Das war nun wirklich eine bedauernswerte Erscheinung, die diese Sprache weder sprechen, lesen noch schreiben konnte. Aber er war in demselben Ort wie Schiller geboren, was er sehr gern anführte und was einem diesen Klassiker von vornherein verekeln konnte. Er besaß einen billigen Nickelkneifer, den auf der riesigen Nase zurechtzusetzen er alle fünf Finger der rechten Hand benötigte, eine Beschäftigung, der er sich fast ausschließlich hingab.

›Tell und Geßler, ein Vergleich‹ lautete das Aufsatzthema dieses armen Luders. Peterhans hatte es vorgezogen, den für diese Arbeit bestimmten Nachmittag schlittschuhlaufend auf der Ziegelwiese zu verbringen. Er raste mit Mystifax, seiner Herzallerliebsten, in riesigen Kurven über die spiegelglatte Fläche. Die Arme über den Rücken verkreuzt, hielten sie sich an den Händen. Sie hieß eigentlich nicht Mystifax. Aber das tut nichts zur Sache. Sie sah aus wie ein Engel und lief wie der Teufel.

»Wann machst du deinen deutschen Aufsatz?« fragte sie.

»Morgen früh.«

Ein dankbarer Druck der kleinen Hand beflügelte Peterhans zu einem so kühnen Bogen, daß er das Gleichgewicht verlor. Mystifax hätte sich noch halten können, aber Peterhans liebte es nicht, allein zu fallen. So gab er ihr, ehe er sie losließ, noch einen schnellen Triller, zwei kleine Schlittschuhe stießen abwechselnd verzweifelt in die Luft, und – krach – saß sie auch da. Damals hatte Gott die Welt noch nicht mit der Erfindung des Schlüpfers gestraft. Die Mädchen trugen weiße Rüschenhöschen, und beim Hinfallen oder dem verzweifelten Versuch, es nicht zu tun, blitzte es schneeig unter dem kurzen Kleidchen, ein Anblick, für den du den Kölner Dom und andere Kulturdenkmäler hinzugeben dich bereit fühltest. Soweit war alles schön und gut. Aber nun kam die Rache. Das wußte Peterhans, und er versuchte, in wilden Sätzen zu fliehen. Ein lächerliches Unterfangen. Schneller als ein Gedanke war Mystifax wieder auf den Beinen und hinter Peterhans her, wobei sie die ersten Meter auf den Spitzen der Schlittschuhe lief, um besser in Schwung zu kommen. Sehr bald legten sich kleine Hände um des Flüchtigen Hals, ein Knie stieß ihn ins Kreuz, er setzte sich auf den Hintern und konnte es gerade noch schaffen, daß Mystifax über ihn hinwegfiel ...

»Vergleichen lassen sich die beiden nun nicht«, begann die Arbeit, die Peterhans am nächsten Tag ablieferte, »aber wollte man sich der nicht unlangweiligen Mühe unterziehen, die Abgründe aufzuzeigen, die diese beiden Exponenten voneinander trennen, so ließe sich sicherlich mit Fleiß manches zusammentragen, um ein Gemälde menschlicher Gegensätzlichkeit entstehen zu lassen. Aber vergleichen lassen sie sich nun einmal nicht, weil sie nichts Gemeinsames haben, so wenig wie ein Aufsatzthema Gemeinsames zu haben braucht mit Poesie, Geist oder gesundem Menschenverstand.« Der Aufsatz bekam die Note ungenügend.

Höchstens das Pedelltöchterchen dürfte sich vielleicht noch eine Weile an Peterhans mit Wehmut erinnern. Das Pedelltöchterchen, bei dem er in der Pause sein Frühstück in Gestalt einer Dreierwecke zu kaufen pflegte, während er seine belegten Stullen einem Kameraden vermachte. Nicht aus Altruismus, sondern um eine Ausrede zu haben, sein Frühstück in Gestalt einer Dreierwecke beim Pedelltöchterchen kaufen zu können.

Es gab eine Menge Schüler, die ihr Frühstück in Gestalt einer Dreierwecke beim Pedelltöchterchen kauften. So eine Dreierwecke kostete, wie schon der Name sagt, fünf Pfennig. Allerdings war sie dafür mit Schmalz und Salz beschmiert. Und die Fixigkeit, mit der das geschah, das hättest du sehen sollen! Ritsch: mit einem Schnitt war die Wecke geteilt, aber so, daß die Hälften noch mit einem Rest von Zugehörigkeit zusammenhielten; ratsch: ein Strich mit dem fettbehafteten Messer über die *eine* der Hälften – genug Fett für den Preis – stups: drei Finger spitzten ins Salzfaß und vollführten über der in der anderen Hand kreisenden offenen Wecke einen Wirbel, der mit bloßem Auge gar nicht zu verfolgen war, der aber die Salzkörnchen so gleichmäßig verteilte, wie es die Sommersprossen auf Pedelltöchterchens Stupsnäschen waren;

klapp! machten die Hälften, wenn sie sie zusammenschlug und dem Käufer mit nach oben gedrehter Handfläche hinhielt, in die dieser dann fünf Pfennig legte, während die andere Hand des Mädchens bereits das nächste Brötchen ergriff. Das heißt, Peterhans legte jedesmal zehn Pfennig in diese Handfläche, was schon damals seinen Leichtsinn Frauen gegenüber verriet und wofür ihm durch zwei Grübchen gedankt wurde, die blitzschnell kamen und verschwanden, und durch einen Blick aus kleingemachten Augen, der Peterhans jedesmal kolossal verwirrte. Erst ein Stoß von seinem Hintermann brachte ihn wieder ins Gleichgewicht. Denn der Andrang war groß, und die Pause war kurz. Der Versuch, die Dreierwecken vorher zurechtzumachen und von der Frau Pedell verhökern zu lassen, hatte sich nicht bewährt. Kein Aas wollte diese Dreierwecken. –

Auch von diesen Dreierwecken galt es Abschied zu nehmen! –

Räuber im Heidekrug

Die Abschiedsfeier fand im Heidekrug statt. Der Heidekrug ist, wie schon der Name besagt, ein

Krug in der Heide, und zwar in der Dölauer Heide, die eine Stunde von Halle entfernt liegt, was ihr niemand verdenken kann.

Eine Schüleraufführung der ›Räuber‹ bildete den Höhepunkt der Feier. Eben senkte sich der Vorhang über der Wahnsinnsszene des Franz Moor, der von Peterhans verkörpert wurde. Und nun geschah es. »Es erhob sich«, pflegte Tante Klärchen zu erzählen, »ein hermetischer Beifall mit ohrenbetäubendem Lärm von zerbrechenden Stühlen und umfallenden Bänken. Die Bühne wurde gestürmt, Peterhans heruntergerissen und zum Küssen herumgereicht.«

Es erübrigt sich hinzuzufügen, daß Tante Klärchen, da sie eine Tante von Peterhans war, zu Übertreibungen neigte. Immerhin war der Trubel so groß, daß man vergaß, das Stück zu Ende zu spielen. Ein älteres Fräulein war in Ohnmacht gefallen, und Mystifax, die im Kreise anderer höherer Töchter unter den Zuschauern saß, war so durchschauert von Peterhans' Leistung und von soviel Scheußlichkeit so abgestoßen, daß sie ihr erschrokkenes vierzehnjähriges Herz an diesem Abend einem anderen zuwandte, einem reizenden Menschen, dem sie später fünf Kinder schenkte, eines immer hübscher als das andere.

»Erfolge«, pflegte Tante Klärchen zu sagen, »Erfolge werden oft teuer belegt.«

Tante Klärchen pflegte ihre Weisheiten haarscharf danebenzuformulieren, wobei man nie wußte, ob es nicht mit Absicht geschah.

»Sollten Sie nicht in Erwägung ziehen, Schauspieler werden zu wollen?«

Dieser Satz konnte seiner Verbildung nach nur vom Deutschlehrer stammen.

»Das sagen Sie wohl gut!« sagte Peterhans, der gerade von den Schultern seiner Mitschüler heruntergelassen wurde. »Das sagen Sie wohl gut!«

Das war eine Redensart, die Peterhans von Tante Klärchen übernommen hatte. Tante Klärchen hatte sie von Frau von Oertzen, die sie immer dann gebrauchte, wenn jemand entweder eine sehr geistreiche oder eine sehr törichte Bemerkung gemacht hatte. Sie diente hauptsächlich dazu, Zeit zu gewinnen, sei es nun für eine passende oder eine unpassende Antwort.

Peterhans sah seinem Feind aufmerksam in das picklige Gesicht. Er kannte die Einstellung dieses langweiligen Gesellen gegen alles dramatisch Lebendige, seinen seltsamen Haß gegen die Bühne und alles, was damit zusammenhing. Und er suchte zu erforschen, ob diese Frage eine Gemeinheit bedeuten sollte. Und war beinahe bestürzt, als er sah, daß der alte Knabe, der wieder versuchte, seinen billigen Nickelkneifer mit allen fünf Fingern der rechten Hand auf der Nase in die richtige Lage zu bringen, wirklich ergriffen schien.

»Der Schauspielerberuf«, erwiderte Peterhans,

»ist kein Beruf, den man ergreift, um ihn auszuüben, sondern man *wird* von ihm ergriffen und *muß* ihn ausüben!«

Dieser Ausspruch stammte von Onkel Fritz, Peterhans' Lieblingsonkel, dem berühmten Schauspieler, Sänger und Intendanten.

»Mein lieber *neveu*«, hatte dieser einmal zu Peterhans gesagt, als er anläßlich seines letzten hallischen Gastspiels als Lohengrin nach der Vorstellung im Kreise der Verwandten in der Goldenen Kugel saß – natürlich saß er nicht als Lohengrin in der Goldenen Kugel, sondern abgeschminkt –, »mein lieber *neveu*«, hatte er gesagt und dabei mit der flachen Hand gegen die Tischkante gestoßen, eine von ihm erfundene Geste um festzustellen, ob noch Wein in allen Gläsern sei – in seinem war Zitronenlimonade –, »mein lieber *neveu*«, hatte er gesagt, »sollte dir jemals die wahnsinnige Idee kommen, zur Bühne gehen zu wollen – ich habe heute abend schaudernd festgestellt, daß dich das Geschehen auf der Bühne weniger interessiert, als *wie es gemacht wird* –, solltest du, mein von ganzem Herzen bedauernswerter *neveu,* also unser verruchtes Blut geerbt haben und in den Adern führen, so wisse, daß in diesem gottverdammten Berufe der Weg zur Höhe einer senkrechten, eingeseiften Rutschbahn gleicht, in die von oben in gleichmäßigen Abständen Glyzerin, Öl und Abschminke gegossen wird, womit ich die beruflichen Schwierigkeiten versinnbildlichen möchte, die dem Hinaufklimmenden bereitet werden. Die Seife aber an den senkrechten glatten Wänden, an denen du dich mit Ellenbogen und Knien hinaufarbeiten mußt, die Seife an den Wänden, mein armer *neveu,* das sind die kleinen Mädchen. Entschuldige, Malvine! Reiß sie dir aus Herz und Sinnen! Namentlich das letztere wird dir schwerfallen bei der in unserer Familie traditionell lebhaften Phantasie. Verzeih, Valeska! Rauche nicht, trinke nicht, iß dich nie satt, geh jeder Annehmlichkeit dieses Daseins vorsichtig aus dem Wege, damit du die Chance hast, von den Zehntausend, die sich berufen glauben, zu den Hundert zu gehören, die auserwählt sind, damit einer von ihnen Karriere macht. Denn die Göttin Thalia ist von allen eifersüchtigen Weibern das eifersüchtigste. Laß dich von ihr mit Haut und Haaren fressen oder fang gar nicht erst an, mit ihr zu flirten. Denn lieber möchte ich dich mit einer Hacke erschlagen, als erleben, daß einer aus unserer Familie startet und nicht ankommt!«

Der heilige Ernst, der bei diesem arabeskenreichen Satz plötzlich das sonst so liebenswürdige Gesicht des Onkels beschattete, verfehlte seinen Eindruck auf Peterhans nicht. Bei Gott, der Onkel mußte es wissen. Und seit ihn Peterhans als Lohengrin gesehen und gehört hatte, betete er ihn an. Das Erlebnis, das ihn angerührt hatte, bestand nicht darin, daß er einen wunderbaren Schauspieler gesehen, daß er eine souverän beherrschte Stimme gehört hatte, das Erlebnis bestand darin, daß Peterhans an jenem Abend das Gefühl hatte, dem *Gralgesandten* persönlich begegnet zu sein, dem Sohn des Parsifal. Schon seine äußere Erscheinung war so überirdisch faszinierend, daß die Hallenser alle Scham vergaßen und bei seinem ersten Anblick, als der kalte Glanz einer nordischen Sonne den nahenden Gralsritter umfloß, in einen Auftrittsapplaus ausbrachen, der den guten Onkel beinah veranlaßte, mit dem Schwan wieder umzukehren. Wohl hatte er wochenlang mit seiner Frau am Entwurf des Kostümes geknobelt – das wie eine Haut am Körper liegende Silberhemd war bewußt auf Wirkung berechnet und sollte beim hallischen Gastspiel zum erstenmal ausprobiert werden –, aber auf einen solchen Effekt war man nicht gefaßt. Nie durfte er später an diesen »Varietéapplaus« erinnert werden, und es ist ein Glück, daß er nie erfahren hat, daß Peterhans es war, der ihn auslöste.

An all das mußte Peterhans denken, als er seinem Deutschlehrer noch immer prüfend ins Auge blickte, um festzustellen, ob dieser Laie sich etwa eine leichtsinnige Vorstellung mache von den »unsagbaren Schwierigkeiten einer Künstlerlaufbahn«, von den »Abgründen, mit denen der Weg zum Ruhm gepflastert ist«, wie Tante Klärchen versicherte.

»Darf man fragen, was hier erörtert wird?«

mischte sich jetzt Rammelt, der gekommen war, um Peterhans zu gratulieren, ins Gespräch.

»Ich fragte ihn«, sagte der Deutschlehrer, »ob er nicht Schauspieler werden wolle.«

»Sie könnten ebensogut eine Kuh fragen, ob sie Milch geben will!«

Der Deutschlehrer machte ein beleidigtes Gesicht und trug sein zu tief sitzendes Gesäß von hinnen.

»Lassen Sie uns an die frische Luft gehen«, schlug Rammelt vor.

»Ich möchte die Gelegenheit benutzen«, sagte Peterhans, als sie draußen waren und den nächtlichen Tannenduft gierig einatmeten, »Ihnen, Herr Professor, für Ihr Wohlwollen und Ihre Hilfe zu danken, ohne die ich das Examen nie bestanden hätte.«

»Haben Sie mir zu meinem Geburtstag das ganze neunte Buch der Odyssee auswendig vorgetragen oder nicht?«

»Das kann ich nicht leugnen, Herr Professor.«

»Na, sehen Sie! Natürlich haben Sie von der griechischen Grammatik keine Ahnung, aber wer hat das schon! Sie haben übrigens auch immer einwandfrei übersetzt. Welche Schwarte haben Sie benutzt?«

»Schulmann.«

»Die ist gut. Die benutze ich auch. – Wie war das doch, was Sie diesem Seelenkrüppel antworteten bezüglich des Schauspielerberufes?«

»Es ist ein Ausspruch meines Onkels, des Kölner Intendanten und Heldentenors: Der Schauspielerberuf ist kein Beruf, den man ergreift, um ihn auszuüben, sondern man *wird* von ihm ergriffen und *muß* ihn ausüben.«

»Und Sie fühlen sich ergriffen?«

»Das ist es eben: Ich weiß es nicht. Meine Sehnsucht war, Arzt zu werden.«

»Das ist seltsam ... bei Ihrem Theaterblut!«

»Vielleicht ist es so zu erklären: Ich habe das Gefühl, Theaterspielen *kann* ich, den Arzt müßte ich mir erst *erringen*. Auch hätte ich sehr gern den Krebserreger entdeckt!«

»Hm!«

»Aber es ist ja sowieso entschieden: Die wirtschaftliche Situation meiner Eltern erlaubt mir nicht, zu studieren.«

»Wahrscheinlich ein Glück für Sie!«

»Und für die Patienten!«

»Leben Sie wohl, junger Freund. Bleiben Sie froh. Und machen Sie andere froh. Und bleiben Sie sich selber treu. Und so weiter!«

Die Umrisse seiner gedrungenen Gestalt verschwanden in der Nacht der Dölauer Heide.

Peterhans beschloß, zu Fuß nach Halle zu gehen.

Als der Kremser mit den grölenden Mitschülern ihn überholte, schlug er sich in die Büsche. Er wollte allein sein. Mit der Heide, mit dem Morgengrauen und mit sich. Er dachte an sein junges Leben und an seine Zukunft, die in diesem Augenblick begonnen hatte.

Die Sonne wiederholte ihren täglich vergeblichen Versuch, über Halle aufzugehen. Es kam nur zu einer diffusen Beleuchtung über Nietleben, wo die Irrenanstalt lag.

Erster Schritt ins Leben

Der Spaziergang in dieser Nacht war sehr wohltuend für unseren Helden, bei dem sich der reichlich genossene Alkohol in geradezu lächerlicher Weise bemerkbar machte. Trotz der Windstille verneigten sich die Tannen tief vor ihm, obwohl sie ihn doch als Franz Moor gar nicht gesehen hatten.

»Schon gut, schon gut!« wehrte Peterhans bescheiden ab und stolperte über eine Wurzel.

»Hoppla!«

Nachdenken, konzentriertes logisches Nachdenken war das Beste für diesen Zustand!

Also es war entschieden: Er würde zur Bühne gehen. Das Blut seiner Ahnen, das sich übrigens aus schweizerischen, deutschen, italienischen und französischen Partikelchen zusammensetzte, was manches Entschuldigende für unseren Helden haben mag, hatte in seinen Adern einen bitteren Kampf gekämpft.

Da war der Großvater väterlicherseits, Doktor Bernhard Götz, Augenarzt in Binningen, von dem er die Liebe zur Medizin geerbt hatte. Und da war der Großvater mütterlicherseits, der Schauspieler und Schriftsteller Wilhelm Rocco, der ihm die Liebe zum Theater vermacht hatte.

An den Großvater Götz hatte Peterhans keine persönlichen Erinnerungen. Er kannte ihn nur aus den Erzählungen von Tante Klärchen. Der Unglückliche war eines Nachts, während eines Rittes zu einem Patienten, im Nachtigallenwäldchen zwischen Basel und Binningen von »fahrendem Volk« – wie es in der Chronik heißt – ermordet worden. Es sei zwar nur ein »Versehen« gewesen, wie Tante Klärchen nie vergaß hinzuzufügen, wenn sie den Kindern die Geschichte erzählte; man hatte es auf einen reichen Kaufmann abgesehen; aber das kann für den Großvater nur ein schwacher Trost gewesen sein, vorausgesetzt, daß man es überhaupt für nötig befunden hatte, sich zu entschuldigen, als man kein Geld bei ihm fand.

Um so lebhafter war seine Erinnerung an den Großvater Rocco. Stundenlang hatte man auf seinen Schultern reiten dürfen, indem man die Bakkenbärte als Zügel benutzte. Auch als Trambahn eignete sich Großvater vorzüglich. Man saß hinter ihm auf der Stuhllehne. Der linke Backenbart figurierte als Stromhebel, der rechte als Handbremse. In Augenblicken der Gefahr, wenn plötzliches Bremsen erforderlich war, konnte das sehr schmerzhaft für den alten Herrn werden und ihn auch erheblich im Lesen stören.

»Was war denn wieder?« fragte er dann wohl.

»Ein Junge wäre mir beinah unter die Räder gekommen!«

»Diese Bengels!«

Das Blut dieses Theatergroßvaters, den Peterhans zärtlich liebte und den jeder lieben mußte, der ihn sah – als Schauspieler wurde er so verehrt, daß ihm die Hamburger, als er krank war, vor seinen Fenstern Stroh streuen ließen, damit ihn das Geratter der schweren Fuhrwerke nicht störe, und als Schriftsteller haben ihn seine Bücher in Bremer Mundart lange überlebt –, das Blut dieses Großvaters also hatte den Sieg davongetragen, obgleich es kein leichter Sieg gewesen war, denn die Klinikatmosphäre, in der Peterhans aufgewachsen war, hatte gewaltig die vom anderen Großvater ererbte Neigung zur Medizin unterstützt.

Das war doch so gewesen: Als Peterhans im Alter von zwei Jahren seinen Vater verlor, war Mutter mit ihm und seinem um acht Jahre älteren Bruder Hans nach Halle übergesiedelt, wo sie eine Privatklinik eröffnete, die sie mit Liebe und Umsicht bald zu einer kleinen Berühmtheit machte. Professor von Bramann, der große Chirurg, und Geheimrat Schwartze, der bedeutende Ohrenspezialist, vertrauten ihre Patienten ihrer Obhut an. Und sie waren in guter Obhut! Mutter besaß die Gabe, sich in die Lage der Leidenden versetzen zu können und Wünsche zu erraten, ehe sie ausgesprochen waren. Aus den zwei Etagen, mit denen Mutter angefangen hatte, wurden bald zwei Häuser. Ihr unbesiegbarer Optimismus wirkte anstekkend auf die Patienten. Man war *gerne* krank bei ihr. Peterhans, der ihren Frohsinn geerbt hatte, wurde zu besonders trübsinnigen Patienten geschickt, und es war sein Ehrgeiz, diese Patienten nicht zu verlassen, ehe sie nicht gelacht hatten.

Einmal, als Bramann seine Visiten machte, kam er dazu, wie der zehnjährige Knirps in seiner – Bramanns – Maske, mit Vollbart, Brille und Ärztekittel, am Bett des Rittmeisters Soundso stand und ihm den Puls fühlte. In der Linken hielt er eine Weckeruhr. Dem Rittmeister liefen die Tränen über die Wangen. Bramann faßte sich sogleich.

»Wie steht es denn, Herr Kollege?« fragte er.

»Wenn meine Uhr richtig geht, ist er schon tot«, sagte Peterhans.

Von diesem Tage an nahm Bramann ihn immer mit zu den Nachmittagsvisiten. In Bramanns

Maske, versteht sich. Der große und der kleine Bramann verfehlten nie ihre Wirkung.

Bramann revanchierte sich übrigens für die Dienste seines kleinen Assistenten. Er rettete ihm das Leben. Lungenentzündung, eitrige Rippenfellentzündung. Hoffnungslos.

»Ich muß Sie operieren, Herr Kollege«, sagte Bramann, »und zwar möchte ich den Augenblick, in dem Ihre Frau Mutter die Mittagsschlacht in der Küche leitet, dazu benutzen. Sind Sie einverstanden?«

»Klar.«

Aus irgendeinem Grunde konnte nur ein Ätherrausch gemacht werden. Das bedingte schnelles Arbeiten. Der Rücken unter dem Schulterblatt mußte geöffnet, ein Stück Rippe herausgesägt, der Eiter abgelassen, die Wunde kanülisiert und verbunden werden. Bramann erledigte das alles von Bett zu Bett in achtzehn Minuten. Für damalige Verhältnisse eine außerordentliche Leistung.

Drei Tage später stand Peterhans mit dem Tode auf du und du. Nach einer unendlich langen Nacht, auf einem Schlitten durch die Luft sausend, kam er langsam, langsam auf die Erde zurück. Er fühlte einen Druck an seinem Puls, schielte durch die Wimpern, sah Bramanns Finger an seinem Gelenk, sah viele Menschen um sein Bett stehen – das totenblasse, übernächtigte, ausgeweinte Gesicht seiner Mutter kannte er kaum wieder –, sah Sekt und Kampferspritzen auf dem Nachttisch, jene ihm wohlbekannten Utensilien für letzte verzweifelte Versuche, ein Lebenslicht nicht verlöschen zu lassen.

Dann hörte er, wie Bramann die Uhr zuknipste.

»Ich gratuliere«, sagte er, reichte Peterhans' Mutter die Hand und verließ das Zimmer. Die Assistenten und Schwestern in seiner Begleitung schworen, daß er draußen auf dem Korridor gelächelt habe. Eine Erscheinung, die weder vorher noch nachher an ihm wahrgenommen wurde.

»Dachtet ihr, ich würde sterben?« fragte Peterhans. Mutter und Tante Grittli bewegten die Lippen. Aber sprechen konnten sie nicht. Mutter hielt mit beiden Händen ihr Herz fest, damit es nicht zerspringe, und aus Tante Grittlis rotgeweinten Augen schossen die Tränen nur so im Bogen.

»Wenn *das* Sterben ist, was ich durchgemacht habe, Mütterchen, dann braucht sich von jetzt an niemand mehr vorm Sterben zu fürchten. – Sah es aus, als hätte ich Schmerzen?«

»Ja, mein Seelchen. Als hättest du furchtbare Schmerzen.«

»Und ich hatte gar keine! Es war wunderbar. Ich will es dir genau erzählen, wenn du mir etwas zu essen gibst.«

»Ich hole dir ein halbes Hühnchen, mein ... Engel ...«

»Ein *ganzes*, Mütterchen! Ein *ganzes*!«

»Jetzt werde ich melodramatisch«, konstatierte Peterhans, als er soweit in seinen Erinnerungen gekommen war, »weil ich besoffen bin.« Und er suchte einer Tanne auszuweichen, die sich ihm immer wieder in den Weg stellte.

Dann wurde ihm plötzlich besser. Das Schwindelgefühl hörte auf. Nur müde war er – verdammt müde. Und er war froh, als die spärlichen Lichter von Cröllwitz auftauchten.

An der Cröllwitzer Brücke stand eine junge Dame, deren rotgeschminkte Lippen die mangelhafte Cröllwitzer Straßenbeleuchtung angenehm unterstützten. Sie warfen ein fahles Licht auf ihre nächste Umgebung, auf einen außerordentlich sinnlichen Mund, ein sehr bleiches Gesicht und stark umschattete, langbewimperte Augen.

»Du gehörst ins Bett«, begann sie die Konversation, »und zwar in meins.«

Peterhans mußte an den vielgeprüften Odysseus denken, an die Sirenen, an Onkel Fritz und die kleinen Mädchen und die Seife und an all die Versuchungen, die, im Universum verstreut, seit Erschaffung der Welt darauf lauerten, Peterhans die Karriere zu zerstören.

»Ich wäre Ihnen dankbar, wenn Sie mir sagen könnten, wo ich hier eine Droschke finde.«

Lieber als in eine Droschke, meinte die junge Dame, möchte sie ihn ins Bett bringen.

Das sei zweifellos sehr liebenswürdig, aber er könne das schon alleine.

Aber noch nicht lange, meinte sie. Wie alt er denn sei? Siebzehn? Da sei er nur drei Jahre älter als ihr letzter Zögling. Ja. Sie sei Gouvernante gewesen. Ihren letzten Jungen habe sie so gut unterrichtet, daß man sie rausgeschmissen habe. Und ob er nicht doch mitkommen wolle? Und es solle mit keinerlei Unkosten für ihn verknüpft sein.

»Vielen Dank. Ich möchte nach Hause gehen.«

Ob er denn solche Angst vor ihr habe? Und er solle ihr nicht so auf den Mund starren. Sie würde ihm schon nichts abbeißen. Und wie lange er noch zur Schule gehen müsse? Na also! Dann müsse er doch mit dem Leben beginnen.

»Aber *so* möchte ich nicht beginnen.«

Ob er ihr nicht wenigstens etwas zum Andenken schenken wolle? Nein, kein Geld.

»Was machst du mit deiner Schülermütze, wenn du nicht mehr zur Schule gehst?«

Peterhans sah sie verständnislos an.

»Willst du sie mir überlassen? Ich werde sie über mein Bett hängen, um sie jederzeit streicheln zu können.«

»Wenn ich Ihnen damit eine Freude mache?«

»Eine große Freude.«

Sie riß ihm die Mütze aus der Hand, fuhr mit der Zunge über den glänzenden Lackschirm und war verschwunden, als ob der Nebel sie verschluckt habe.

Peterhans war baff. Oder paff. Seltsamerweise sah er in diesem Augenblick dieses Wort geschrieben vor sich und überlegte, welche Schreibweise wohl einen größeren Grad von Baffheit oder Paffheit veranschaulichen würde. Und während er noch meditierte, ob er sich freuen sollte, daß er einen Sieg über sich selber davongetragen habe, oder ob er besser darüber wütend wäre, sah er zum Glück am anderen Ende der Cröllwitzer Brücke eine Droschke stehen.

Der Schimmel, der vor dieser Droschke schlief, hatte kokett den einen Hinterhuf auf die Spitze gestellt. Die Vorderbeine standen steif wie bei einem Holzpferd. Die Lippe hing melancholisch herunter.

So schlief er.

»Was verlangen Sie für eine Fahrt nach Halle?«

»Zehn Mark.«

Peterhans lachte so schauerlich durch die Nacht, daß der Schimmel, der gerade vom verlorenen Paradies träumte, sich vor Schreck auf seinen Schwanz setzte. Und beim Versuch, hinten schnell wieder hochzukommen, wäre er beinahe vorne zusammengebrochen.

Peterhans ermangelte nicht, dem Kutscher klarzumachen, daß es unchristlich sei, die Notlage eines Mitmenschen auszunutzen. Eine Fahrt nach Halle sei mit fünf Mark reichlich bezahlt. Aber der Kutscher blieb fest. Es sei Nachttaxe.

Schließlich stieg Peterhans ein.

Aber der Kutscher hatte nun einen Feind im Wagen.

»Hüh, Gretchen!«

Kein vernünftiger Mensch wird von jemand, der soeben aus tiefem Schlaf geweckt wurde, verlangen, daß er sofort auf der Höhe seiner Leistungsfähigkeit sei. Auch von einem Schimmel nicht. Noch dazu wenn dieser Schimmel eine Dame ist. Aber in Gretchen schienen Störungen ganz besonderer Natur ausgelöst worden zu sein. Nicht nur, daß sie nicht vorwärts ging. Nein, sie ging rückwärts. Sooft sie der Kutscher durch Zuruf, Zügel oder Peitsche animieren wollte, sich in Bewegung – und selbstverständlich in vorwärtige Bewegung – zu setzen, tänzelte Gretchen nervös und graziös ein paar Schritte rückwärts.

Peterhans lehnte sich gemütlich aus dem Fenster.

»Lassen Se die nur erscht warm wern«, sagte der Kutscher, ehe Peterhans eine freche Bemerkung machen konnte.

»Hüh, Gretchen!«

Aber Gretchen ging rückwärts.

»Zieh, Gretchen!«

Gretchen zog. Aber nach rückwärts.

»Wie wär's«, meinte Peterhans, »wenn Sie Gretchen mit dem Schwanz nach vorne spannten?«

Da zog der Kutscher fuchsteufelswild Gretchen ein paar über den Hintern, daß sie abging wie ein Telegramm und Peterhans wie ein abgeschossener Truthahn in den Fond des Wagens wuchtete. Und ehe er dort sein Gleichgewicht wiedergefunden hatte, prellte der Wagen seitlich gegen eine Bordschwelle, und Peterhans grub seine Nase in die Vorderpolster, die so rochen, wie auf der ganzen Welt nur die Polster in hallischen Droschken riechen. Jetz is se warm, war alles, was Peterhans denken konnte.

Gretchen war durchgegangen. Aber nach etwa dreißig Metern hatte sie ihre Nerven wieder in der Gewalt und zog im leichten Schuckeltrab dahin.

Es ist eine Unverschämtheit, dachte Peterhans, während er versuchte sein Nasenbluten zu stillen. So etwas vor einen Wagen zu spannen und Leute damit gegen Geld spazierenzufahren!

Peterhans war ein Lämmchen, solange man ihm anständig begegnete; fühlte er sich aber einem Gauner gegenüber, so wurde er automatisch der größere. Ein hervorragender Charakterzug, den alle seine späteren Theaterdirektoren an ihm schätzen lernten.

Und sehr bald stand sein Entschluß fest.

Es gab zwei Arten hallischer Droschken. Solche, deren Türen man von innen festhalten mußte, damit sie nicht aufgingen. Und solche, deren Türen, wenn sie einmal zufielen, zu waren. Und überhaupt nicht wieder aufgingen. Es sei denn mit Gewalt durch einen Fußtritt. Und Peterhans grübelte über dem Problem, wie man eine Tür geräuschlos auf*treten* könne.

Als er sich nicht mehr weit von seiner Wohnung entfernt wähnte, setzte er vorsichtig einen Fuß gegen die zu öffnende Tür und stemmte die Schulter an die gegenüberliegende. Und mählich, allmählich verstärkte er den Druck. Und die Tür gab nach. Mit einem Klack sprang sie auf, und Peterhans stürzte rücklings in den Straßenkot. Denn leider war es die verkehrte Tür gewesen, die nachgegeben hatte.

Aber die Hauptsache war, daß der Kutscher weiterfuhr, ohne etwas gemerkt zu haben.

»Haha«, lachte Peterhans hinter ihm her. Natürlich ganz leise.

Die Zechprellerei war mit dem verdorbenen Anzug ein bißchen hoch bezahlt, aber darum handelte es sich hier nicht. Hier handelte es sich darum, einem hallischen Droschkenkutscher zu beweisen, daß man Peterhans nicht ungestraft betrügen durfte. Darum handelte es sich.

Während er versuchte, Pferdeäpfelreste aus seinen Knopflöchern zu entfernen, lugte er aus, um sich zu orientieren, wo er sich befände. Obgleich die hallischen Straßenschilder so angebracht waren, daß man sie bei Tage kaum und bei Nacht bestimmt nicht lesen konnte, mußte sich Peterhans bald überzeugen, daß er viel zu früh »ausgestiegen« war und sich in einem völlig fremden Viertel befand. Da nahte eine zweite Droschke.

Diesmal mit einem Rappen.

»Was verlangen Sie für eine Fahrt zur Krukenbergstraße?«

»Fünf Mark.«

Das war natürlich wieder eine Frechheit! Jetzt, wo man schon so nahe am Ziel sein mußte. Und Peterhans versuchte wieder zu handeln.

Vergeblich.

Schließlich versöhnte ihn der Gedanke, daß er zehn Mark gespart habe und die ganze Fahrt mit fünf Mark nicht zu hoch bezahlt sei, und so stieg er ein.

Aber es wurmte ihn doch.

Und als das Volkmannsdenkmal in der Magdeburger Straße in Sicht kam und jeder Irrtum ausgeschlossen war, da überlegte Peterhans, warum ihm das, was ihm einmal geglückt war, nicht auch ein zweites Mal gelingen sollte. Zumal er diesmal eine Droschke von jener ersten Sorte erwischt hatte, deren Türen man festhalten mußte, damit sie nicht aufgingen.

Diesmal war es ein Kinderspiel.

Peterhans war nicht einmal hingefallen.

Und der Kutscher fuhr weiter.

Haha, dachte Peterhans. Und er fand nun ohne weiteres die Krukenbergstraße.

Peterhans fiel ins Bett und träumte die ganze Nacht von seinen zwei Großvätern, die sich um seine Seele rauften, und von dem Fräulein, das, nur mit seiner Schülermütze bekleidet, die beiden Großväter zu trennen und Peterhans zu küssen versuchte.

Spät am Morgen erwachte er. Mit einem Schädel zum Quadrat erhoben. Nur langsam kamen die Geschehnisse der letzten Nacht in sein schmerzendes Hirn zurück. Er sah seinen Anzug mit dem Pferdemist fein säuberlich über den Bügel gelegt. Er hängte sonst nie seinen Anzug auf. Und er sah sein offenes Portemonnaie auf der Erde liegen.

Da durchzuckte ihn ein Gedanke so abscheulicher Natur, daß er ihn wahrscheinlich gelähmt, wenn er ihn nicht in hohem Bogen aus dem Bette geschleudert hätte.

Er stürzte auf das Portemonnaie zu. Und zählte. Und richtig: *Es fehlten fünfzehn Mark.*

Er hatte in der Besoffenheit den Kutscher immer vorher bezahlt. Das war Peterhans' erster Schritt ins praktische Leben.

Dramatischer Unterricht

Der Chronist hat vergessen zu erwähnen, daß Peterhans' Mutter nach mehreren Jahren in Halle zum zweiten Male heiratete. Und zwar den Violoncellvirtuosen – so war damals der Titel – Bernhard Schmidt, der sich nicht nur durch die Bearbeitung der Kummerschen Celloschule ausgezeichnet hatte, sondern auch durch einen sturen Optimismus, mit dem er versuchte, seinem Stiefsohn Peterhans das Cellospielen beizubringen.

Er selber war ein Schüler von Heinrich Grünfeld. Heinrich Grünfeld war ein Freund von Emanuel Reicher. Und so konnte es nicht fehlen, daß Peterhans durch Grünfelds Fürsprache Schüler des berühmten Tragöden Emanuel Reicher wurde!

Kann man das Glück ermessen, das unseren Helden durchschauerte, als dieser Mann sich bereit erklärte, die dramatische Ausbildung persönlich zu übernehmen? Weil Peterhans' Talent ihn reizte. Aber Peterhans habe kein Geld, murmelte Heinrich.

»Wieso nicht?« fragte der Meister.

»Weil er keins hat.«

Das mache nichts. Und für ihn wolle er es billig machen. Hundert Mark im Monat. Und zweimal in der Woche solle er kommen.

Und zweimal wöchentlich pilgerte Peterhans von

Alt-Moabit, wo er bei der verwitweten Frau Pastor Tielen sehr gut untergebracht war, zu der Grunewaldvilla des Meisters am Roseneck und wieder zurück nach Alt-Moabit, wo er bei der verwitweten Frau Pastor Tielen sehr gut untergebracht war.

Wenn er auch keinen Unterricht hatte – der Meister vergaß regelmäßig die Verabredung und war nicht zu Hause –, so waren doch diese Dauerspaziergänge in gesundheitlicher Hinsicht für Peterhans von gar nicht zu überschätzender Bedeutung. Er war damals ein sehr zarter und blasser Junge und für den Helden einer Erzählung entschieden zu mickrig. Wir erwähnten schon, daß die Luft in Halle an der Saale, die er vierzehn Jahre lang eingeatmet hatte, sich speziell zu diesem Zwecke wenig eignete.

Rechnet man hinzu, daß Peterhans in den Gärten und Anlagen der großen Universitätsklinik großgeworden war, wo sich die Chloroform- und Desinfektionsgerüche der ganzen Welt ein Stelldichein zu geben schienen, und zieht man ferner in Betracht, daß der Haupttummelplatz von Peterhans und seinen Gespielen die für die Indianerstreifen besonders geeigneten, weil abgelegenen Pfade waren, die sich um die Leichenhalle der vereinigten Kliniken schlängelten, so wird man dem jungen Menschen diese Spaziergänge in der guten Berliner Grunewaldluft von Herzen gönnen und dem Meister Dank wissen.

Immerhin geschah es dreimal in drei Monaten, daß der Meister vergessen hatte, zu vergessen. Peterhans traf ihn tatsächlich an.

»Wir wollen diese Gelegenheit benutzen«, sagte der Meister in dieser ersten Stunde, »ein wenig Organ- und Atemübungen zu betreiben. Eine gute technische Grundlage ist die Hauptsache, und sehr zu Unrecht wird sie heute vernachlässigt. Sprechen und Singen, mein armer junger Freund, ist tongewordenes Ausatmen. Um richtig ausatmen zu können, muß man vorerst richtig einzuatmen verstehen. Können Sie das?«

»Ich glaube.«

»Ich glaube *nicht.* Aber versuchen Sie es.«

Und Peterhans tat sein Bestes.

»Sie schnappen nach Luft, junger Fant. Ich werde Ihnen zeigen, wie man atmet.«

Der Meister stellte sich in Positur, schloß den Mund, blähte die Nüstern, legte die Hand auf den Bauch, um zu demonstrieren, wie dieser sich sukzessive hob, und begann die Luft des Raumes durch die Nase in sein Inneres zu saugen. Es währte eine Ewigkeit. Und dann noch eine. Es schien, als wolle er das ganze Zimmer inhalieren. Peterhans bekam Atemnot. Endlich nahm der Meister Peterhans' Rechte und legte sie auf seinen Bauch, der gespannt war wie eine Pauke. Jetzt öffnete er mit einem hörbaren Klack den Mund unmittelbar vor Peterhans' Nase. Nicht um diese abzubeißen, sondern um Peterhans zu zeigen, daß er trotz Öffnen des Mundes die Luft noch immer bei sich behalte. Dann erst schloß er den goldbezahnten Rachen, formte mit dem ausdrucksvollen Mund ein P und ließ mit einem langen »P f f f f f f f f f f f f f f f f f f f f f« die Luft langsam entweichen, wodurch er Peterhans das Leben rettete, da dieser sonst erstickt wäre.

Der Meister gab pantomimisch zu verstehen, wie er mählich leerer und leerer werde. Und immer wenn Peterhans dachte: Jetzt ist er leer, oder: Jetzt trifft ihn der Schlag, ließ der Meister immer neue Ströme der gehamsterten Luft entweichen. Oh, er hatte noch genug. Jetzt begann er erst, die Arme nach vorne zu nehmen; jetzt erst den Brustkasten zusammenzupressen, jetzt beugte er sich nach vorn, die ausgestreckten Fingerspitzen näherten sich dem Boden, jetzt erreichten sie die Stiefelspitzen, der Oberkörper wippte noch ein paarmal, um – ohne Eile – das Letzte aus dem Zwerchfell herauszupressen, und gerade als Peterhans um Hilfe rufen wollte, hatte der Meister mit einem letzten ». . . f f f«, wobei ihm noch etwas Menschliches passierte, das Allerletzte der Luft hergegeben. Er richtete sich auf, in seiner ganzen Größe, atmete noch zweimal kurz ein, um das Herz zu beruhigen, und die Übung war beendet.

»Machen Sie das nach.«

Peterhans versuchte es. Die Decke des Zimmers

schwankte. Der Fußboden kam auf ihn zu. Und nach zwanzig Sekunden torkelte er dem Meister in die aufgehaltenen Arme.

»Das habe ich erwartet«, sagte der Meister. »Versuchen Sie es noch einmal. Holen Sie tief Luft, aber nicht mit der Lunge, sondern mit dem Zwerchfell, halten Sie dieses unten fest, machen Sie den Mund auf, ohne die Luft herauszulassen, klappen Sie den Unterkiefer nach unten, ohne den Gaumen zu schließen, lassen Sie die Zunge flach im Munde liegen, mit der Spitze an den unteren Schneidezähnen, machen Sie die Mundhöhle so hohl wie möglich, als ob Sie gähnen wollten, lüpfen Sie die Oberlippe ein wenig, so daß die oberen Schneidezähne zu sehen sind, lächeln Sie, denken Sie an gar nichts, und sagen Sie nun, indem Sie durch Nachlassen des Zwerchfelles nur so viel Atem herauslassen, wie zur Bildung der Vokale unbedingt erforderlich, recht ungezwungen das Wörtchen: Amanulla.«

»Awwahuwwa.«

»Wie bitte?«

»Awwwwwahuwwwwwa.«

»Warum weinen Sie?«

»Weil ich es nicht kann.«

»Das braucht Sie nicht zu entmutigen. Wenn Sie das könnten, könnten Sie sprechen. Und wenn Sie sprechen könnten, brauchten Sie mich nicht. – Sagen Sie: Mu.«

»Muh.«

»M u u u u u u u u u u«, verbesserte der Meister.

»M u u u u u h h h h h.«

»Sie sagen: M u h h h h h h h h h – m – u – H – H! Sie sollen muuuuuuuuuuuuuu sagen. M – u – u – u – u – u.«

»M u u u u u h h h h h h h h h h.«

»Und nun immer einen halben Ton höher: M u u u u u.«

»M u h h h h h h h h h h.«

»M u u u u u u u u u u u u u u u u u u u u u u u.«

»M u u u u u u u u u u u h h h h h h h h h h h h h.«

Niemandem, der draußen vorbeiging, hätte man ausreden können, daß hier eine Rindviehausstellung Platz gegriffen habe. –

»Pardon.«

Eine weiche weibliche Stimme sagte das. Und Emanuels wunderschöne Tochter, mit einer Art Tapete bekleidet, unter der sie offensichtlich weiter nichts anhatte, rauschte durchs Zimmer . . . und verschwand durch die gegenüberliegende Tür.

Der Meister sah ihr mit Augen nach, von denen man nicht wußte, ob sie vor Rührung oder vom Blöken feucht waren.

»Ist sie nicht schön wie ein Märchen?«

Peterhans, ebenfalls Tränen in den Augen, bestätigte das mit dem Nachdruck, den ihm seine

Bescheidenheit erlaubte, durch Kopfnicken. Sprechen konnte er nicht mehr.

»Es ist eine Tragödie, junger Freund: Sie ist zu schön! Es traut sich keiner ran.«

Der Meister seufzte tief, und der Schatten einer schweren Sorge lag auf der hehren Stirn. Dann aber, mit einer plötzlichen und doch vollendeten Geste, führte der Meister die Hand an die Augen – wobei Peterhans ein großes Loch unter der Achselhöhle im Samtjackett des Meisters zu bemerken Gelegenheit hatte –, wischte die trüben Gedanken mit einer schnellen Bewegung fort, und in völlig verändertem Ton, geschäftig, alltäglich und geläufig wie ein munterer Bach perlte es aus des Meisters Munde: »Und nun, junger Freund, studieren Sie den großen Monolog aus Wallenstein. Und in der nächsten Stunde tragen Sie ihn mir vor. Falls Sie bis dahin wieder sprechen können, notabene. – Gott mit Ihnen.«

Peterhans war so überwältigt von dieser letzten Leistung, daß er die Hand, die ihm in Mundhöhe entgegengehalten wurde, im richtigen Stilgefühl an die Lippen führte.

Ein wohlgefälliges Lächeln des Meisters belohnte ihn.

»Dort ist die Tür«, sagte der Meister milde, als Peterhans durchs Fenster abgehen wollte.

Brief von Mütterchen

Halle a.d. Saale, 3. Mai

Mein kleiner Peter,
ich schreibe noch immer kleiner Peter, obwohl Du jetzt schon ein ziemlich großer Peter geworden bist. Ich will es nicht glauben, daß mein Hosenmatz, der noch vor zehn Jahren unglücklich war, wenn er nicht bei seiner Mutti im Bett schlafen durfte, nun schon ein Mann werden will. Nimm Dich nur vor den Gefahren der Großstadt in acht, mein braver Junge, und suche lieber Familienanschluß bei guten Leuten. Hast Du schon Tante Elly einen Besuch gemacht? Wenn nicht, so hole es schleunigst nach. Es gehört sich so, und sie soll ein großes Haus führen. Wie sie jetzt heißt – sie ist zum zweiten Male verheiratet –, habe ich vergessen. Du erfährst ihre Adresse bei Willichs. Tu Deiner Mutter den Gefallen.

Hier ist es recht still geworden, seit Du fort bist. Neulich war Deine Kusine Lottchen hier. Sie weinte, als ich auf Dich zu sprechen kam. Ich glaube, sie liebt Dich, der kleine Fratz. Ich mußte sie trösten, obwohl ich doch am liebsten mitgeheult hätte. Sei nicht so grausam und schreib ihr mal. Weißt du noch, wie Du Dir bei Valeskas Hochzeit aus ihrem offenen Haar ein Kopfkissen gemacht hast und das arme Kind eine Stunde lang sich nicht rühren durfte, um Deinen Schlaf nicht zu stören? Das ist nun auch schon wieder fünf Jahre her. Lottchen wird jetzt dreizehn. Sie hat ihrem Vater erklärt, nicht mehr zur Tanzstunde gehen zu wollen, weil Du nicht mehr da seist, worauf sie von Onkel Felix eine Backpfeife bekam, das gute Kind. Also schreib ihr mal.

Von Deinem Bruder, meinem geliebten Hans, habe ich lange keine Nachricht, so daß mir recht schwer ums Herz ist. Das vorletzte Mal, als er schrieb, war er Offizier in der Heilsarmee, das letzte Mal Indianerhäuptling, was wird er heute sein? Ob er es nicht schon bereut, zur See gegangen zu sein? Aber seine Abenteuerlust war ja nicht zu bändigen. Weißt Du übrigens, daß die »Mimi«, sein erstes Segelschiff, von dem er seinerzeit in Australien ausrückte, mit Mann und Maus untergegangen ist? Wenigstens schrieb er es. Aber seine Schilderungen sind manchmal so phantastisch, daß ich mich oft frage, ob sie nicht zu sehr ausgeschmückt seien. Ich lege Dir das Bild der Klapperschlange bei, die er photographierte, ehe er sie erlegte. Gott gebe, daß ich bald Nachricht von ihm bekomme.

Leider muß ich Dir mitteilen, mein guter Peter, daß seit dem Tode Bramanns, der Dir das Leben rettete, was Du nie vergessen sollst, die Klinik von Tag zu Tag schlechter geht, so daß die finanziellen Sorgen von Tag zu Tag größer werden. Sei nur recht sparsam, aber laß Dir nichts abgehen. Gott weiß, wie das enden soll. Ich habe mich jedenfalls vierzehn Jahre lang redlich geplagt. Auch sonst ist es hier recht still geworden. Seit Tante Klärchen tot ist, kommt sie sonntags auch nicht mehr. Auch wochentags nicht, meint Dein Stiefvater, der sich gerade über mich beugt und mitliest. Na, dann will ich mal schließen. Bleib gesund, mein Herze, und laß Dich tausendmal umarmen und küssen

von Deiner bekümmelten
Mutter

P.S. Ich hatte natürlich »bekümmerten« geschrieben, aber Vater hat den Augenblick, wo ich das Couvert holte, benutzt, das Wort zu »verbessern«, der Unverbesserliche! Er will auch noch ein paar Worte beifügen.

Lieber Peter, die Adresse von Tante Elly ist Martin-Luther-Straße 124. Tante Elly führt jetzt den nicht ungewöhnlichen Namen Schmidt. Du bist also nun in der Lage, Mutters Wunsch zu erfüllen und den Familienknatsch, dem Du hier glücklich entronnen bist, in Berlin fortzusetzen. Wir hoffen, daß Deine Studien gute Fortschritte machen. Daß es uns schwerfällt, Deinen Unterhalt in Berlin zu bestreiten, möchte ich nicht einmal andeuten, da ich weiß, daß Du alles tun wirst, um so bald wie möglich auf eigenen Füßen zu stehen.

Ich freue mich, zu hören, daß Du weiter fleißig Cello übst. Es wäre auch schade, wenn die vielen Backpfeifen, die Du von mir im Laufe des Unterrichts bekommen hast, umsonst vertan wären. Die Daumenstelle mit den Doppelgriffen in der Tarantelle mußt Du so langsam üben, als ob Du sie zu meinem Begräbnis spielen wolltest. – Auch die Gavotte hast Du seinerzeit zu schnell geübt. – Deine Frage, ob Du in der Kantilene das »f« mit dem ersten Finger nehmen sollst, ist schwer zu beantworten, da in der ganzen Komposition diese Note nicht vorkommt. Solltest Du »fis« meinen, so kannst Du es natürlich mit dem ersten nehmen, um dann das »a« mit dem vierten bequem zu erreichen. Ich hoffe nicht, daß Du in die Fußstapfen jenes sächsischen Kurorchesterkapellmeisters treten willst, der beim Anblick der Tannhäuser-Partitur zu seinen Leuten sagte: »Ich denke, meine Herrn, mir schbielns erscht emal ohne Vorzeichn!«

Daß ich alles tue, um Mutter bei guter Laune zu halten, weißt Du.

Grüße meinen Lehrer Heinrich und auch Deinen Meister. Und denke daran, daß es für den werdenden Künstler nichts geben darf als Arbeit, Arbeit, Arbeit. Daß aus Dir etwas wird, weiß

Dein sogenannter
Stiefvater

Tante Elly

Nicht oft, sondern selten, aber doch hin und wieder passiert es, daß gute Taten, unter die der Gehorsam zu rechnen ist, belohnt werden:

Tante Elly war nicht das, was man sich unter einer Tante vorstellt. Tante Elly hatte Grübchen. Tante Elly war blond. Tante Elly war höchstens fünfundzwanzig Jahre alt. Tante Elly hatte Augen von jenem seltsamen Blaugrau, das schon soviel Unglück in der Welt angerichtet hat, von dem Glück ganz zu schweigen. Und diese Augen nahmen Peterhans, als sie selber ihm die Tür öffnete – sie führte gar kein großes Haus, das hatte Mutter mal wieder verwechselt –, diese Augen nahmen Peterhans sofort in eine wohlwollende Begutachtung. Und Peterhans konnte feststellen, während er ihr sagte, wer er sei, daß in diesen Augen, die, wie es die Augen reizender Frauen zu tun pflegen, ungeniert in seinem Gesicht spazierengingen und Punkt für Punkt einer genauen Musterung unterzogen, daß in diesen Augen auch jener Schelm saß, der für alle Familienmitglieder derer von Binningen so charakteristisch ist. Als sie hörte, wer er sei, klatschte sie in die Hände vor Vergnügen, umarmte ihn und führte ihn zu ihrem Mann.

Ihr Mann – Onkel Gottlieb, wie sich herausstellte – war um ein bedeutendes älter als Tante

Elly. Das war außerordentlich in die Augen springend. Er trug ein gedrücktes Wesen zur Schau und einen billigen Nickelkneifer. Auch hatte er eine Glatze.

Peterhans bemerkte das alles mit Erstaunen. Und sein Erstaunen schien wieder Tante Elly zu belustigen.

»Wie gefällt er dir?«

Ihre Frage klang so harmlos, und sie lächelte dabei so unschuldig, daß beide Männer nicht wußten, was sie davon halten sollten.

»Er gefällt mir sehr gut, dein Neffe.« Sagte Onkel Gottlieb, und er klopfte Peterhans auf die Schulter.

»Mir auch.« Sagte Tante Elly.

Onkel Gottlieb schielte über seinen Klemmer. Und Tante Elly zeigte ihre Grübchen mit einem Lächeln, wie es nur die Unschuld hervorbringt.

»Du bleibst doch zum Kaffee?«

»Wenn ich dir nicht ungelegen komme, Tante Elly?«

»Du kommst mir nicht ungelegen.«

Damit ging sie in die Küche.

»Mein ganzes Glück!« Sagte Onkel Gottlieb, indem er ihr nachblickte. Und dann wandte sich das Gespräch anderen Dingen zu.

Peterhans mußte von seinen Plänen erzählen, und Onkel Gottlieb hörte nicht ohne Interesse zu.

Auch er sei mit der Kunst verbandelt, sozusagen, wenn auch nur entfernt. Er habe eine Bonbonfabrik, wie Peterhans wohl wisse – Peterhans wußte es nicht –, und die Verse auf den Knallbonbons mache er, Onkel Gottlieb, selber.

»Wirklich?« fragte Peterhans.

»Aber sein süßestes Knallbonbon ist doch dieses hier.« Sagte Tante Elly, die mit etwas Eingewickeltem auf dem Arm ins Zimmer trat.

»Ist es nicht seinem Vater wie aus dem Gesicht geschnitten?« fragte Tante Elly. Und die Grübchen, mit denen sie sich über ihr Baby beugte, waren hinreißend. Peterhans bestätigte das, obwohl er nicht die leiseste Ähnlichkeit entdecken konnte, es sei denn, daß das Baby auch so wenig Haare auf dem Kopfe hatte.

»Haare bekommt es noch.« Sagte Tante Elly, als habe sie seine Gedanken erraten.

»Mein ganzes Glück«, stammelte Onkel Gottlieb.

Und dann sagte er, er müsse in die Fabrik.

»Willst du nicht noch mit uns Kaffee trinken?«

»Nein ... leider ...«

Er schien es plötzlich eilig zu haben.

Tante Elly küßte ihn auf die Stirn.

Tante Elly half ihm in den Mantel.

Tante Elly ließ es sich nicht nehmen, ans Fenster zu treten und ihrem Mann nachzuwinken. Ja, sie ruhte nicht, bis auch Peterhans ans Fenster trat und ebenfalls winkte. Dabei legte sie ihren Arm um seine Schultern.

Da stieg Onkel Gottlieb sehr schnell in eine Taxe.

»So.«

Sagte Tante Elly und schloß das Fenster.

»Das dürfte ihm den Nachmittag verderben.«

Sie nahm Peterhans' Gesicht zwischen ihre Hände, drehte es zum Licht und studierte ungeniert und aufmerksam jeden Zoll seiner Physiognomie.

»Ich glaube nicht, daß ich in diesem Augenblick sehr geistreich aussehe«, sagte Peterhans.

»Warum nicht?«

»Ich kann es nicht sagen ...«

»Soll ich es erraten?«

»Bitte.«

»Hast du deine Tante Elly lieb?«

»Ja ...«

»Wie man eine Tante liebhat?«

»Nein.«

»Sondern?«

»Ich darf das auch gar nicht ... als Schauspieler ... weißt du das nicht?«

»Nein«, gestand Tante Elly, »das habe ich noch nicht gewußt. Wer sagt denn das?«

»Onkel Fritz.«

»Onkel Fritz?«

»Du kennst doch Onkel Fritz.«

»Natürlich. Der muß es wissen.«

»Eben. Es ist wegen der Karriere, verstehst du?«

»Das verstehe ich.« Sagte Tante Elly, während sie sich langsam von ihm löste und ihn ansah, wie man einen seltenen Käfer betrachtet.

»Dann will ich mal Kaffee holen.«

Sagte sie. Und beim Abgehen nahm sie das Baby, das sie auf der Kommode deponiert hatte, wieder auf den Arm.

»Ist es nicht süß?«

Und alle Dämonie schien von ihr gewichen.

»Es sieht seinem Vater aber nicht ähnlich.« Sagte Peterhans.

»Es sieht seinem Vater sogar *sehr* ähnlich.« Sagte Tante Elly.

»Ich meine: Onkel Gottlieb sieht es nicht sehr ähnlich.«

»Ach so. Nein, dem sieht es nicht ähnlich.«

Sie küßte das Baby.

»Wenn es von ihm wäre ...«, sagte sie sanft, »... würde ich es ersäufen.«

Damit ging sie.

Genauso, wie es Peterhans damals erging, ergeht es jetzt dem Chronisten und dem geneigten Leser und der reizenden Leserin, falls sie bis hierher durchgehalten hat: Man muß sich erst einen Augenblick erholen. Und wir wollen den Moment, da Tante Elly die Szene verlassen hat, benutzen, unserer Entrüstung über sie Ausdruck zu verleihen. Der Chronist hätte es längst getan, aber er unterbricht nicht gern und hatte, genau wie die reizende Leserin, noch immer die Hoffnung, daß es anständig ausgehen würde. Und diese Hoffnung ist noch nicht verloren. Wir müssen uns eben auf die Charakterfestigkeit unseres Helden verlassen, in dessen Schiff wir nun einmal auf Gedeih und Verderb gestiegen sind. Und wir haben guten Grund anzunehmen, daß unser Held, falls er überhaupt auf diesen Titel Anspruch erheben will, nicht gleich der ersten ernsthaften Versuchung unterliegt. Schon aus dramaturgischen Gründen wäre das zu wünschen. Aber was auch geschehen mag – man verüble dem Chronisten alles, nur eines nicht: wenn er bei der Wahrheit bleibt. Denn ohne diese wäre diese Chronik keine Chronik, sondern ein Gebilde der Phantasie. Und auf die Phantasie des Chronisten ist nicht einmal dieser selber neugierig. Hoffen wir also – im Hoffen sind wir geübt –, daß alles noch gut gehen möge.

Das erste, was Peterhans, nachdem Tante Elly das Zimmer verlassen hatte, sich selber sagen hörte, war: »Dunnerknispel!«

Also so etwas gab es! Frauen, die lachen konnten wie Kinder und lächeln konnten wie die Sünde persönlich! Das gab es! Peterhans tröstete sich mit dem Gedanken, daß er noch so nüchtern war, diese

Feststellungen machen zu können. Dann stand es noch nicht so schlimm um ihn. Oh, Onkel Fritz hatte ihn nicht umsonst vorbereitet. Peterhans würde seine Karriere verteidigen. Das wäre ja gelacht! Vielleicht schickte ihm Gott eine so starke Versuchung, um ihn ein für allemal zu feien. Er war ihm direkt dankbar dafür. Tante Elly war schön, hinreißend schön. Sehr gut. Aber dagegen hatte man einen Willen! Einen Willen! Das einzige, was er fürchtete, waren ihre Augen. Sie konnte sie auf so sonderbare Weise klein machen. Und er mußte plötzlich an Dreierwecken denken. Respektive an das Pedelltöchterchen, das ihm seinerzeit sein Frühstück in Gestalt einer Dreierwecke verkaufte. Wozu eigentlich der liebe Gott so reizende Sachen erfand, wenn sie einem das Fortkommen so erschwerten? Peterhans erinnerte sich, Romane gelesen zu haben, in denen weibliche Vampire durch die Kapitel geisterten, deren Augen zuliebe man Morde beging. Sollte Tante Elly ein solcher sein? Sollte sie es darauf abgesehen haben, ihn zu vernichten? Es war ihm plötzlich, als lege sich sanft und behutsam eine Frauenhand um seinen Hals.

Aber ihre Grübchen! Nein, diese Grübchen konnten nicht morden. Und dieses helle, unschuldige Lachen konnte nicht die Absicht haben, ihn in ihre Netze zu locken. Nein, sicher nicht. Wahrscheinlich dachte sie nicht im Schlafe daran, sich für ihn zu interessieren. Und bei diesem Gedanken wurde ihm hundeelend... Und dennoch klammerte er sich an ihn. Natürlich machte sich Tante Elly, die sieben Jahre älter war als er, die kein kleines Mädchen war wie Mystifax oder Lottchen oder... ja, oder Idchen, nichts aus so einem grünen Jungen. Wie hatte er sich so etwas einbilden können. Er atmete auf.

Und wir mit ihm.

Als Tante Elly jetzt mit dem Kaffee eintrat, lächelte sie so bezaubernd, daß Peterhans die blöden Gedanken fortfliegen fühlte wie Mücken vor einem erlösenden frischen Windstoß.

Tante Elly hatte an Stelle des Kleides ein sehr durchsichtiges Negligé übergeworfen.

»Wie du siehst, Peter«, sagte sie, während sie den Tisch deckte, »wie du siehst, habe ich mir ein verführerisches Negligé übergeworfen, um dich auf die Probe zu stellen. Es wird gut sein, wenn du den Gefahren deines Berufes nicht unvorbereitet gegenübertrittst. Wir werden eine Art Generalprobe machen. Ich werde alles tun, um dich zu verführen, und du mußt alles tun, um kalt wie eine Hundeschnauze zu bleiben.«

»Und wenn ich das nicht kann?«

»Dann mußt du so tun. Du bist ja Schauspieler.«

»Und du? Schauspielerst du auch nur?«

»Natürlich. Ich werde doch meinen Neffen nicht verführen wollen!«

Wieder atmete Peterhans auf.

»Also jetzt geht's los! Du bist der berühmte Hofschauspieler Peterhans von Binningen, und ich bin die Gräfin Koks, die sich gestern abend im Theater in deine betrikoten Beine verliebt hat. Was die Gräfin von dir will, kannst du dir denken. Aber du willst nicht. Respektive du darfst nicht. Und mußt nun alles tun, um ihre Anzüglichkeiten zu überhören. Ich fange an: Bitte, Herr Hofschauspieler, nehmen Sie doch noch ein Stückchen Kuchen.«

»Danke, liebe Gräfin, ich mache mir nichts aus Süßigkeiten.«

Die Gräfin lächelte schelmisch. »*Überhaupt* nicht?«

»Überhaupt nicht.«

»Das findet man selten bei Herren vom Theater.«

»Wir dürfen nicht dick werden.«

»Es gibt Süßigkeiten, von denen man dünn wird. Noch eine Tasse Tee, Herr Hofschauspieler?«

»Es ist doch Kaffee«, flüsterte Peterhans.

»Bei deiner Tante Elly ist es Kaffee«, flüsterte diese ebenso, »aber bei der Gräfin Koks gibt es nur Tee.« Und laut wiederholte sie: »Noch eine Tasse Tee, Herr Hofschauspieler?«

»Bitte.«

Gräfin Koks beugte sich beim Einschenken weit vor. »Wie gefällt Ihnen mein Negligé?«

»Ich verstehe nichts von Spitzen.«

»Spitzen enthüllen mehr, als sie verbergen. Finden Sie nicht?«

»Was soll ich darauf sagen«, flüsterte Peterhans.

»Etwas Brutales«, flüsterte Tante Elly. »Zum Beispiel: Ihre Brüste, liebe Gräfin, interessieren mich durchaus gar nicht.«

»Ihre Brüstchen, liebe Gräfin ...«

»Brüste ...«

»... Brüstchen, liebe Gräfin, interessieren mich durchaus gar nicht.«

»Wenn du so stotterst, wird dir das keine Frau glauben ...«

»Ich stottere, soviel ich will ...«, sagte Peterhans beinahe weinend.

»Brav sein! Du wirst doch nicht jetzt schon kapitulieren! Du mußt sogar darauf gefaßt sein, daß diese Schlange dir jetzt den Fuß, den sie aus dem Pantöffelchen zieht, auf den Strumpf setzt. Siehst du: so! Das muß dich alles ganz kalt lassen. – Wo waren wir stehengeblieben?«

»Bei dei ... bei deinen Brüstchen ...«

»Bei den Brüsten der Gräfin Koks vielmehr. Und die erwidert jetzt: Wirklich nicht, Herr Hofschauspieler? Sie scheinen sich also nicht nur für nichts Süßes, sondern auch für nichts Festes und Spitzes zu interessieren?«

»Tante Elly ...«

»Ich bin nicht Tante Elly. Ich bin Gräfin Koks.«

»Liebe Gräfin ...«

»Nun?«

»Was Sie da eben von Ihren Brüstchen sagten ...«

»Brüsten ...«

»Brüstchen sagten ... das ... das kann jeder sagen!«

»Bist du verrückt! Du darfst ihr doch kein Stichwort geben! Wenn sie nun sagt: Soll ich es Ihnen beweisen?«

»Das sagt sie nicht.«

»Unterschätze die Gräfin Koks nicht.«

»Sie wird es nicht sagen.«

»Warum nicht?«

»Weil sie es nicht beweisen kann.«

Tante Elly kam mit ihrem Gesicht sehr nahe an das von Peterhans.

»Sag das noch mal ...«

»Weil sie es nicht beweisen *kann*.«

»Da.«

Das war der Moment, da Peterhans den Mund weit aufriß und auch sicher geschrien hätte, wenn ihn Tante Elly nicht mit einem Kuß verschlossen hätte, der ihn in die Sofaecke taumeln ließ. Als er nach Tante Elly greifen wollte, war sie weg. Und als er ihr nacheilte, war die Tür verschlossen.

Er hämmerte mit beiden Fäusten gegen sie.

Tante Elly erschien wieder. Leichenblaß. Sie war bis zum Hals in einen Pelz gehüllt.

»Ich mußte mir etwas umwerfen. Damit aus dem Spaß kein Ernst wird.« Und sie sah Peterhans an. Und Peterhans starrte sie an.

Und plötzlich fühlte er es mit tausend Gewißheiten, daß unter dem Pelz sofort ohne weiteres Tante Elly kam.

»Duuuuu ...«

Er sank vor ihr auf die Knie, wie von einem Holzhammer getroffen.

Der Chronist bedauert, von seinem Helden nichts Heldenhafteres berichten zu können. Aber wie pflegte Tante Klärchen zu sagen? »So ist das Leben!« pflegte Tante Klärchen zu sagen.

Oder auch: »Gute Vorsätze sind Schecks auf eine Bank, bei der wir kein Konto haben!«

Der Verrat

»Oft ist dem Menschen durch eine kleine Lust ein ständiger Verdruß mit viel Verlust bewußt!«

Das war wiederum so ein Ausspruch von Tante Klärchen, der Peterhans zur Verzweiflung bringen konnte, weil die letzte Silbe des letzten Wortes den ganzen Sinn der Weisheit, die man schon verstanden zu haben glaubte, wieder umschmiß. Seine vorsichtigen Anfragen bei Tante Klärchen, ob es nicht vielleicht »beschieden« oder »beschert« heißen müsse, hatte sie stets mit einem energischen Kopfschütteln beantwortet. »Das würde sich ja nicht reimen, mein teures Herz«, sagte sie.

Aber ob gereimt oder ungereimt, an diesen Ausspruch mußte Peterhans denken, als er Tante Elly verließ, denn er war sich einer großen Schuld »bewußt«, und es stand für ihn fest, daß er sich umbringen müsse. Hatte er doch erstens Onkel Gottliebs »ganzes Glück« zerstört, zweitens seine Karriere verraten und drittens ... o mein Gott!

»Blutschänder!« zischte er seinem Gesicht entgegen, wenn es sich in einem Schaufenster spiegelte. Er wunderte sich übrigens, wie tief glücklich das Gesicht eines angehenden Selbstmörders aussah! Nur nach Hause und Schluß machen! Zu Hause fand er einen Rohrpostbrief vor:

Sehr geehrter Herr,
auf Veranlassung Ihres Meisters hinterlegen wir für die heutige Abendvorstellung eine Freikarte für Sie an der Kasse B des Lessingtheaters.

Hochachtend
Sekretariat des Lessingtheaters

Er glaubte, tot umfallen zu müssen. So schnell mahlten Gottes Mühlen! Sicher war es jetzt zu spät.

Er stürzte zum Stadtbahnhof Alt-Moabit, erwischte einen gerade abfahrenden Zug, den er drei Minuten später am Lehrter Bahnhof verließ, lief im

Dauerlauf zum Lessingtheater und stand zehn Minuten zu früh an der Kasse B.

Dort saß ein älterer Herr mit weißem Haar und Bart und einer goldenen Brille, der sehr würdig und sehr unfreundlich war und sich zehn Jahre später das Leben nahm – wegen Veruntreuungen. Hätte das Peterhans damals gewußt, sicher wäre er ihm sympathischer erschienen. Hatte er doch Verständnis für Verfehlungen aller Art, die die Menschen zum Selbstmord treiben können, auf welchem Gebiet sie auch liegen mögen.

Aber Peterhans vergaß das alles, als er den Zuschauerraum betrat. Es ist für die heutige Generation schwer vorstellbar, was damals der Besuch einer Vorstellung des Lessingtheaters bedeutete. In Berlin wurde das beste Theater der Welt gespielt, und im Lessingtheater das beste von Berlin. Und eine feierliche Zuversicht umfing den Gläubigen, der den schmucklosen, im Halbdunkel liegenden Raum betrat. Und man fühlte es sofort: Hier saßen *nur* Gläubige. Das erregende Bewußtsein, für die nächsten Stunden in die hohen Regionen einer Ensemblekunst gehoben zu werden, wie sie auf der Erde einmalig war, erfüllte jeden einzelnen und ließ eine andachtsvolle Stille entstehen, noch ehe die dunkle Plüschgardine sich hob.

KUNST UND NATUR SEI EINES NUR. So stand

auf einem geschwungenen Schild zu lesen, das zwei Engel in luftiger Höhe in der Mitte des Proszeniums hielten.

Und als dieser sich nach zwei dunklen Gongschlägen hob, öffnete Peterhans den Mund, um ihn vorerst nicht wieder zu schließen. Er blickte in keine Theaterdekoration, sondern in ein Stück Leben. Dort oben agierten keine Schauspieler, dort lebten Menschen. Alle Vorstellungen, die Peterhans von Schauspielerei hatte, fielen von ihm ab.

Nicht daß die Eindrücke, die ihm das Hallische Stadttheater vermittelt hatte, schlecht waren. O nein, dort wurde seinerzeit ein beachtenswertes Theater gespielt. Walter Sieg als Richard III.? Oder Heinz als König Lear? Respekt, ihr Buben! Und Elschen Becker als Klein-Däumling? Er hatte sie wohl dreißigmal vom dritten Rang aus für fünfzig Pfennig bewundert, so daß es sogar einmal einen mächtigen Krach mit Mystifax gegeben hatte. Dreißigmal? O ja, damals wurden Weihnachtsmärchen bis Ostern gespielt. Sie wurden aber auch mit einer Liebe einstudiert, von der sich die heutigen Intendanten keine Vorstellung machen, die der Ansicht sind, daß für die Kinder alles gut genug ist, was man in drei schnellen Proben zusammenpfuschen kann, eine Auffassung, für die man sie hängen sollte.

Als sein Meister auftrat, brach Peterhans der Angstschweiß aus. Denn er machte sofort eine so lange Pause, daß auch dem eingefleischtesten Naturalisten Zweifel kommen mußten, ob diese Pause Kunst oder Natur sei, das heißt: Absicht oder Gedächtnisschwäche. Und ihm fiel der boshafte Witz ein, der über seinen Meister kursierte, daß dieser den Naturalismus durch chronische Gedächtnisschwäche erfunden habe. Aber als er dann endlich sprach, schämte sich Peterhans seines Verdachtes. Die Worte, die jetzt aus des Meisters Mund fielen, und *wie* sie fielen, hätten auch nicht eine tausendstel Sekunde früher fallen dürfen. Oder fielen sie so, um die Pause zu kaschieren? Peterhans hörte bald auf, darüber nachzudenken, denn er wurde gepackt, daß ihm der Atem wegblieb. Was war es nur, was war es nur, was sie dort oben trieben, das ihn so erregte? Was machten die dort oben mit ihm? Jeder einzelne ein Künstler von gigantischem Ausmaß, suchte doch keiner sich nach vorne zu spielen, sondern jeder schien nur das eine Bestreben zu haben, nicht aufzufallen.

Peterhans hielt den Atem an. Sein Meister dort oben war etwas gefragt worden. Von der Beantwortung hing alles ab. Wie wunderbar war nun die Spannung gehalten. Zunächst schien es, als ob die Frage gar nicht in sein Bewußtsein gedrungen sei. Der Meister hielt den Blick der schönen mandelförmigen Augen nachdenklich ins Parkett gerichtet. Dann schien er sich zu erinnern, daß jemand zu ihm gesprochen hatte. Er blickte den Partner an. Blickte wieder weg. Pause. Dann besah er sich seine ausdrucksvollen Hände. Schloß die Augen. Fuhr mit den Fingerspitzen über die Stirne. Und als man schon fürchtete, er habe wieder vergessen, daß man ihn etwas gefragt hatte, gab er die entscheidende Antwort. »Nein«, sagte er.

So einfach, als hätte man ihn befragt, ob er Eier zum Frühstück wünsche. Und verließ das Zimmer.

Und Peterhans beschloß, ihm bei nächster Gelegenheit um den Hals zu fallen. Wenn ihm jetzt einer prophezeit hätte, daß er das *nicht* tun würde, daß er sich vielmehr vor ihm verstecken würde, um nicht heucheln zu müssen, daß, ehe der Hahn kräht, er ihn in seinem Herzen verraten haben würde zugunsten eines anderen, er würde es nicht für möglich gehalten haben.

Und doch kam es so.

Denn nun trat ein anderer auf die Szene. Das heißt, er trat nicht auf die Szene. Er hatte sich eingefunden, wollen wir sagen. Aber nachdem er sich einmal eingefunden hatte, war er nicht mehr wegzudenken. Seltsam! Dieser aristokratische überschlanke Herr in dem rohseidenen Anzug konnte nichts tun, was man nicht gespanntest beobachtete. Und er tat doch rein nichts. – Natürlich mußte er hin und wieder die Stellung wechseln. Oder sich eine Zigarette anzünden. – Warum, zum Teufel, hielt man den Atem an, wenn er sich eine

Zigarette anzündete? Warum hing man an seinen Lippen, warum lauschte man mit allen Sinnen diesem gebrochenen, die Nerven bürstenden Organ? Dieser Gentleman, der einen tiefen Zug aus dem Becher des Lebens getan haben mußte und dessen Zukunft offensichtlich in der Vergangenheit lag, sprach von seinem nahen Ende. Man kann gleichgültig von seinem Tode sprechen, und es kann klingen wie Todesfurcht. Man kann gleichgültig von seinem Tode sprechen, und es kann affektiert klingen. Aber so aufrichtig gleichgültig sollte man davon nicht sprechen, wenn man noch so aussah wie dieser tadellose Herr im rohseidenen Anzug. Und schon gar nicht, wenn sich noch kleine Mädchen seinetwegen im Teiche seines Parkes ...

Richtig! Auch davon sprach er. Wie sie bei ihm war. Im grünen Kleidchen und mit blonden Zöpfchen. Wie sie ihm ihre Liebe gestand. Wie schwer es gewesen sei, ihr klarzumachen, daß er ihrer Liebe nicht würdig sei. Gar nicht zu sprechen von dem Altersunterschied und den damit verbundenen Unzulänglichkeiten ... Wie sie zuhörte. Und wie sie mit den Zöpfen nickte. Und wie sie ging. Das letzte, was er sah, war ein Zipfel des grünen Kleides, der sich in der Tür fast verfangen hätte ... Und wie er dann, als er seinen Abendspaziergang machte, am Teich vorüberkam und in Gedanken verloren – Gedanken über sein verpfuschtes Leben – ins Wasser starrte, wie er da ... wie er es da auf dem Grunde schimmern sah ... grünlich ... nicht von Tang oder Pflanzen ... sondern von einem grünen Kleidchen ... Und plötzlich zerriß eine Grimasse so wilden Schmerzes das bisher so beherrschte Gesicht des Herrn im rohseidenen Anzug, daß es die Zuschauer von den Sitzen hob. Ja, man erhob sich ... und setzte sich wieder. Man hatte sich wohl verhört. Es war wohl gar nichts geschehen. Denn der Herr im rohseidenen Anzug plauderte schon wieder. Sein Gesicht war ruhig, wie es vier Akte lang gewesen war ...

Der Vorhang fiel. Der Eiserne rasselte zusammen. Und noch immer saßen die Leute, unfähig zu applaudieren. Und Peterhans dämmerte die Größe dieses Schauspielers auf, der es wagen durfte, eine Charakterzeichnung auf den Bruchteil einer Sekunde aufzubauen. Der es wagen durfte, vier Akte in Monotonie zu verplaudern, um dann in einem einzigen winzigen Moment bis auf den Grund seiner Seele blicken zu lassen. Welch eiserner Beherrschung der Mittel bedarf das! Und wie, wenn in diesem Augenblick wer niest oder hustet? Oder eine Logentür öffnet sich unversehens und zerstört diesen Moment?

Aber es hustete niemand.

Und bei Brahm öffnete sich auch keine Logentür unversehens.

Lange stand Peterhans mit einer Schar Andächtiger vor dem Bühnenpförtchen des Lessingtheaters. Alle kamen sie heraus. Auch sein Meister, vor dem sich Peterhans versteckte. Nur der andere ließ auf sich warten. Es hieß, er habe das Theater schon verlassen. Viele gingen. Einige warteten standhaft ...

Da kam er.

Im langen Mantel, den Kragen hochgeschlagen, die Sportmütze tief ins Gesicht gezogen. Sein wiegender Gang hatte ihn vorübergetragen, ehe die Umstehenden zur Besinnung kamen. Lange blickte Peterhans jenem nach ...

Albert Bassermann war sein Name.

Das Schicksal pocht

Am nächsten Morgen erwachte Peterhans ziemlich spät. Zwei Briefe brachte ihm die Post:

Peterchen,
ich mache mir schreckliche Vorwürfe, aber Du sollst Dir keine machen. Auch wegen »Onkel« Gottlieb nicht. Er erhält nur, was ihm gebührt. Ich war dreizehn Jahre, als er mich für sein schmutzi-

ges Geld meiner kupplerischen Tante abkaufte. Meine Rache ist, ihn zu quälen. Er weiß, daß ich ihn betrüge. Täglich. Und der Gedanke, daß er in seinem Büro auf und ab läuft, sich die Haare rauft und den Kopf gegen die Wand schlägt, erhöht die Süße meiner Rache. Und wenn ich es einmal nicht getan habe, so erzähle ich es ihm wenigstens. Und wenn ich nett zu ihm bin, so bin ich es nur, um mich ihm dann zu versagen. Eines Tages wird er sich aufhängen.

Du sollst mich nicht wiedersehen, Peterlein. Ich bin nicht gut genug für Dich. Du wirst Dich in ein süßes Mädel verlieben, bei der alles noch recht klein ist, nicht wahr?

Noch etwas: Sollte eine Verwechslung von Lutherstraße und Martin-Luther-Straße vorliegen? Im Telefonbuch steht ein Sanitätsrat Schmidt, Martin-Luther-Straße 124. Vielleicht gehst Du dort einmal hin und findest die *richtige* Tante Elly? Aber niemals wirst Du die falsche vergessen! Nein?

Ich küsse Dich
Elly

Peterhans hatte das Gefühl, als müsse er sofort in die Kirche gehen und Gott danken.

Aber da lag noch ein zweiter Brief. Mit der gestochenen Schrift seines Stiefvaters.

Er lautete:

Mein lieber Junge!
Nach Bramanns Tod, der, wie Du weißt, für uns einen schweren Schlag bedeutet, ist nun auch Geheimrat Schwartze ganz plötzlich gestorben. Das heißt, daß wir die Privatklinik schließen müssen. Du mußt Dein Studium sofort abbrechen, um Geld zu verdienen. Es ist bitter, Dir das sagen zu müssen. Aber Du warst immer ein tapferer Junge. Ich tue alles, um Mutter zu trösten.

Sie läßt Dich grüßen.

Ich wollte, Du wärest hier.

Vater

Peterhans sah auf die Uhr. Zehn Uhr. Um elf stand er in der Grunewaldvilla des Meisters, um sich zu verabschieden. Es gelang ihm, eine männliche Haltung zu bewahren.

Der Meister hörte ihm aufmerksam zu und ließ nachdenklich seine großen Augen auf ihm ruhen. Dann verließ er das Zimmer. Man hörte ihn telephonieren. Dann kam er zurück.

»Sie fahren mit der 79«, sagte er, »zur Theateragentur Emil Nordes, Dorotheenstraße. Dort erwartet Sie mein Freund Schaper, Direktor vom Stadttheater in Rostock. Er sucht einen talentierten Anfänger. Sie sollen ihm vorsprechen. Gott mit Ihnen. Und lassen Sie sich nicht für Chor verpflichten!«

Emil Nordes war vielleicht nicht der berühmteste, aber sicherlich der rührigste Agent von Berlin. Seine Spezialität war es, Anfänger zu plazieren, die ihm dann, wenn sie sich bewährten, von seinen größeren Kollegen, unter denen der größte Herr Frankfurter war, als Klienten weggeschnappt wurden.

Rudolf Schaper, damals Direktor des Stadttheaters in Rostock, dem Peterhans vorsprechen sollte, war ein kleiner, untersetzter Herr, stiernackig, mit einer intelligenten Stirn, die bis zum erwähnten Stiernacken reichte. Unter buschigen Augenbrauen sah er einen durch einen schwarzen Klemmer finster an, um seine Gutmütigkeit zu verbergen. Aber ein leises ironisches Lächeln spielte dauernd um seine Lippen. Denn lieber ironisch lächeln als gar nicht, nicht wahr?

»Warum wollen Sie zum Theater gehen?« fragte er wütend.

»Das frage ich mich auch«, sagte Peterhans.

»Kein vernünftiger Mensch geht zum Theater!«

»Sie sind auch zum Theater gegangen, Herr Direktor!«

»Ich bin ja auch kein vernünftiger Mensch!«

»Außerdem suchen Sie einen talentierten Anfänger. Schon deshalb muß ich zur Bühne gehen.«

»Wer sagt Ihnen, daß Sie Talent haben?«

»Das möchte ich von Ihnen hören, Herr Direktor, und deshalb möchte ich Ihnen vorsprechen.«

»Was wollen Sie vorsprechen?«

»Die Traumerzählung des Franz Moor, wenn Sie gestatten.«

»Immer schön bescheiden, das muß ich sagen!« Er trommelte mit den Fingern auf der Tischplatte. »Sie werden mir die Traumerzählung *nicht* vorsprechen!«

»Warum nicht, Herr Direktor?«

»Sie werden mir überhaupt nichts vorsprechen!«

»Ich verstehe nicht ...«

»Sie brauchen nichts vorzusprechen. Ich kenne Sie!«

»Aber ...«

»Und Sie kennen mich!«

»Ich weiß wirklich nicht ...«

»Stellen Sie sich einmal vor, ich sei im Hemd.«

»Ich würde mir nie erlauben ...«

»Erlauben Sie sich nur. Das ist überhaupt eine gute Methode, Minderwertigkeitsgefühle zu überwinden, die ich Ihnen hiermit vermache: Stellen Sie sich Ihren Widersacher im Hemde vor!«

»Sie sind nicht mein Widersacher, Herr Direktor.«

»Das wird sich erst herausstellen. – Also?«

»Ich stelle mir Herrn Direktor im Hemd vor.«

»Und im Bett!«

»Und im Bett.«

»Und zwar in einem Bett in Halle an der Saale

in einer Privatklinik ... Ah, jetzt dämmert's ... Ihre Mutter hatte Sie, einen Knirps von elf Jahren, zu mir geschickt, mich zu erheitern ... Sie kamen mit Ihrem Puppentheater und spielten mir die erste Szene des ersten Aktes von Wilhelm Tell vor ... Mit wogendem See, Gewitter und Sturm, Einschlägen von Blitzen, die Wasserhosen erzeugten ... Ich habe nie auf einer großen Bühne etwas so Eindrucksvolles gesehen! – Sie brauchen mir nichts vorzusprechen. – Sie sind engagiert!«

»Ich *möchte* Ihnen aber vorsprechen!«

»Warum?«

»Damit Sie sich ein Urteil bilden können, ob Sie mich vielleicht auch bald in größeren Rollen beschäftigen können!«

»Aha!«

»Habe ich etwas Unbescheidenes gesagt?«

Schaper wandte sich an Nordes: »Was meinen Sie, Nordes, wollen wir uns was anhören?«

»Ich möchte es vorschlagen, Herr Direktor.«

»Wenn es Sie langweilt, Herr Direktor, können Sie ja solange rausgehen, und Herr Nordes berichtet Ihnen dann!«

»Fangen Sie an, Sie Frechdachs! Und seien Sie *gut,* das rate ich Ihnen!«

Peterhans wandte sich an Nordes: »Darf ich den Leuchter nehmen vom Kamin und die Kerzen anzünden?«

»Gewiß«, sagte Nordes belustigt.

»Und darf ich die Fenstervorhänge zuziehen, damit es ein wenig dunkel wird?«

Nordes sah zu Schaper. Schaper blinzelte ihm zu. Während Peterhans die Vorhänge schloß, sagte er: »Die Szene spielt nämlich in der Nacht.«

»Was Sie nicht sagen«, sagte Schaper.

»Ich habe mir erlaubt, einige Striche zu machen«, sagte Peterhans.

»Schiller wird es Ihnen danken«, sagte Schaper.

Peterhans zündete die Kerzen des Armleuchters an. »Ich komme jetzt aus dem Nebenzimmer gestürzt. Erschrecken Sie nicht!«

Er ging mit dem brennenden Leuchter ins Nebenzimmer, ohne zu ahnen, daß dort etwa sechzig Personen beiderlei Geschlechtes saßen, die darauf warteten, ins Allerheiligste vorgelassen zu werden. »Oh, Verzeihung«, stammelte Peterhans.

Dann zerwühlte er sich mit der freien Hand die Haare, um totenbleich – das konnte er machen – mit irren Augen und flackernden Kerzen ins Allerheiligste zurückzustolpern.

»Verraten! Verraten! ... Geister ausgespieen aus Gräbern ... Losgerüttelt das Totenreich aus dem ewigen Schlaf brüllt wider mich: *Mörder ... Mörder ...*«

Damit fiel er der Länge nach auf den Teppich. Doch so geschickt, daß die Kerzen nicht verlöschten, sondern weiter in der Lage waren, das geisterhafte Gesicht des Unglücklichen zu beleuchten.

Trotz Peterhans' Warnung waren Nordes und Schaper leicht angeschlagen. Nordes setzte sich unwillkürlich fester in seinen Sessel.

»Wer regt sich da?« brüllte Peterhans so markerschütternd, daß ein Glas auf dem Kamin mitklirrte.

Und da geschah etwas: Schaper stürzte zu ihm, kniete sich neben ihn, und, die Rolle des Daniel übernehmend, sagte er mit der weinerlichen Stimme des alten Dieners: »Hilf, heilige Mutter Gottes! Seid Ihr's, gestrenger Herre, der so gräßlich durch die Gewölbe schreit, daß alle Schläfer auffahren?«

»Schläfer?! Wer heißt Euch schlafen?« brüllte Peterhans und packte Schaper an der Kehle. »Fort, zünde Licht an!«

Schaper wollte sich erheben, doch Peterhans riß ihn zurück.

»Nein, du bleibst! Ich kann nicht allein sein!«

»O Ihr seid *ernstlich* krank!«

»Ja freilich, freilich! Das ist's alles! – Und Krankheit verstöret das Gehirn und brütet tolle und wunderliche Träume aus. – Träume bedeuten nichts – nicht wahr, Daniel? Träume kommen ja aus dem Bauch, und Träume bedeuten nichts ... – Ich hatte soeben einen lustigen Traum!«

Damit sank er Schaper in den Arm.

»Jesus Christus«, sagte Schaper und wollte aufstehen, aber Peterhans hielt ihn fest.

»Nein, bleib und laß dir erzählen ...«

»Jetzt nicht, ein andermal …«

»Nein, ich bitte dich, laß dir erzählen und lache mich derb aus. – Siehe, mir deuchte, ich läge berauscht im Rasen des Schloßgartens, und plötzlich – es war zur Stunde des Mittags – plötzlich – aber ich sage dir, lache mich derb aus!«

»Plötzlich?«

»Plötzlich traf ein ungeheurer Donner mein schlummerndes Ohr, ich taumelte bebend auf, und siehe, da war mir's, als säh' ich aufflammen den ganzen Horizont in feuriger Lohe, und Berge und Städte und Wälder wie Wachs im Ofen zerschmolzen, und eine heulende Windsbraut fegte von hinnen Meer, Himmel und Erde – da erscholl's wie aus ehernen Posaunen: Erde, gib deine Toten; gib deine Toten, Meer! … Und das nackte Gefield begann zu kreißen und aufzuwerfen Schädel und Rippen und Kinnbacken und Beine, die sich zusammenzogen in menschliche Leiber und daherströmten unübersehlich, ein lebendiger Sturm. Damals sah ich aufwärts, und siehe, ich stand am Fuß des donnernden Sina, und über mir Gewimmel und unter mir, und oben auf der Höhe des Bergs auf drei rauchenden Stühlen drei Männer, vor deren Blick floh die Kreatur …«

»Das ist ja das leibhaft Konterfei vom Jüngsten Tage!«

»Nicht wahr, das ist tolles Gezeuge? Schneebleich standen alle, ängstlich klopfte die Erwartung in jeglicher Brust! Da war mir's, als hört' ich meinen Namen zuerst genannt aus den Wettern des Berges, und mein innerstes Mark gefror in mir, und meine Zähne klapperten laut. Da hört' ich eine Stimme schallen aus dem Rauche der Felsen: Gnade, Gnade jedem Sünder der Erde und des Abgrunds! Du allein bist verworfen ... Nun, warum lachst du nicht? ...« Und in irrer Verzweiflung wälzte er sich mit Schaper auf dem Teppich.

Da geschah wieder etwas: Der Bulldogge Schapers, die bis jetzt ruhig unter einem Sessel gelegen hatte – sie schien allerhand gewohnt zu sein –, war es jetzt wohl genug, und mit einem Satz war sie mitten unter den Kämpfenden und versuchte, Peterhans an die Kehle zu kommen.

»Zurück!« donnerte Schaper und deckte mit seinem Stiernacken Peterhans' Kehle.

Zuunterst lag Peterhans, auf ihm, ihn deckend, Schaper, auf Schaper die Bulldogge und auf der Bulldogge jetzt Nordes, der versuchte, sie wegzuziehen.

Und jetzt stürzten entsetzt die Schauspieler aus dem Wartezimmer herein, versuchten zu helfen und vergrößerten den Tumult.

Als endlich die Dogge entfernt, die Ruhe wiederhergestellt war und die Schauspieler sich zurückgezogen hatten, sagte Schaper, sich die Stirn trocknend: »Ich habe Ihnen doch gesagt, Sie sollen mir nichts vorsprechen!«

Nun wurde der Vertrag gemacht. Peterhans deutete auf einen Paragraphen des vorgedruckten Formulars, wonach der Engagierte auch im Chor mitzuwirken hatte.

»Das möchte ich nicht«, sagte er.

»Oh, man stellt schon Bedingungen?« fragte Schaper.

»Mein Meister hat es mir verboten.«

»Alle Mitglieder, vom ersten Helden bis zum jugendlichen Anfänger, müssen im Chor mitmachen. Zum Beispiel im ›Tannhäuser‹ beim Einzug der Gäste.«

»Da werde ich auch mitmachen, aber nicht ständig im Chor.«

»Auch gibt es in gewissen Opern kleine Sprechrollen, die von Schauspielern gespielt werden müssen.«

»Auch die werde ich spielen, aber ich möchte nicht für Chor verpflichtet sein.«

»Na schön, Sie Dickkopf. Aber das Mitwirken in Opern muß im Vertrag verankert sein. Dann werden wir also das Wort *Chor* beim *Chorsänger* streichen, es heißt dann, daß Sie als Schauspieler und Sänger verpflichtet sind, und wir wissen, was wir damit meinen.«

Peterhans war einverstanden.

Mit einem Vertrag über neunzig Mark Monatsgage und neunzig Mark Vorschuß und einigen Stearinflecken auf dem Anzug verließ Peterhans die Agentur. Als er durch das Wartezimmer kam, applaudierten die Kollegen.

Da wurde Peterhans sehr bleich.

Er stotterte seinen Dank und stolperte auf die Dorotheenstraße.

Er erwischte einen Omnibus, der ihn zum Anhalter Bahnhof brachte, erreichte noch den D-Zug 12 Uhr 03 und stieg 2 Uhr 11 in Halle an der Saale aus.

Um 2 Uhr 30 hatte er seine weinende Mutter zum ersten Male wieder zum Lachen gebracht. Dann fuhr er zum Vormundschaftsgericht. Sein verstorbener Vater hatte ihm ein Legat von 2000 Mark hinterlassen, das bestimmt war, über die Anfänge seiner Laufbahn hinwegzuhelfen. Er machte dem Vormund klar, daß er das Geld jetzt brauche. Und brachte es dem Stiefvater. Das Zucken der Schnurrbartspitzen des alten Herrn, als er ihm das Geld zum Geschenk machte, war schwer zu ertragen.

Dann ging Peterhans an die Luft. An die geliebte hallische Luft, durch die geliebten hallischen Straßen, die ihm noch enger vorkamen, als er sie im Gedächtnis hatte.

Aber sonst hatte sich nichts verändert. In der Magdeburger, die damals noch nicht Hindenburgstraße hieß, fehlte am nördlichen Eingang zu den Großen Hallischen Kliniken noch immer die Scheibe in der Laterne, die vor fünf Jahren einer Schneeballschlacht zum Opfer gefallen war.

Wie ein Magnet zog es Peterhans durch den vertrauten Eingang.

Und da war er! Der Geruch von Chloroform und Desinfektion, der sich selbst im Freien hielt. Und der mit einem Schlage die Bilder seiner Knabenjahre in ihm entstehen ließ:

Hier war der Kohlenschuppen, wo sich berühmte Trapper und schweigsame Indianerhäuptlinge allnachmittäglich zu treffen pflegten. Wie oft hatte er hier mit Winnetou gesessen, um die Streifzüge auszuknobeln, die der Schrecken der Aufsichtsorgane der Großen Hallischen Kliniken waren.

Dort auf jener Rampe pflegte Sam Hawkens zu sitzen – »wenn er sich nicht irrte« –, um seine kurzen dicken Beine hinunterbaumeln zu lassen. Während der Hobble Frank, so lang er war, sich auf die Kohlen zu legen liebte.

Hier hatten sie eines Tages gelegen, als einer der Gärtner ein etwa zwölfjähriges Mädchen, am Genick gepackt, vorüberführte. Das Mädchen war barfuß und sehr hübsch.

»Dich werd' ich lehren, Äpfel zu stehlen, du Luder! Vor dem Inspektor wirst du schon sagen, wie du heißt, du Kröte!«

Damit verschwand der Gärtner mit ihr um die Ecke. Winnetou und Old Shatterhand sahen sich an.

»Wir müssen die weiße Lilie aus der Hand dieses Kojoten befreien!« sagte Winnetou, der der Sohn des erwähnten Inspektors war, »noch ehe sie den Wigwam meines Vaters erreichen.«

»Mein roter Bruder sagt es«, bekräftigte Old Shatterhand, der mit seinem bürgerlichen Namen Peterhans von Binningen hieß.

»Old Shatterhand und ich«, fuhr Winnetou fort, »werden diesen stinkenden Sohn einer Hündin überholen. Wir werden uns dann in die Taxushekken legen und ihm auflauern. Meine weißen Brüder Sam Hawkens und Hobble Frank werden inzwischen einen noch größeren Bogen geschlagen haben und im Augenblick des Überfalls von der entgegengesetzten Seite als harmlose Passanten auftauchen. Ihre Aufgabe ist es, diesen Urenkel eines Stinktieres in der Richtung zu täuschen, die Old Shatterhand und Winnetou mit der weißen Lilie einschlagen werden, nachdem sie sie aus der Hand dieser Hyäne befreit haben. – Ich habe gesprochen.«

Hierauf zerstoben die vier berühmten Westmänner, wie von der Atmosphäre verschluckt.

»Dich werden wir schon zum Sprechen bringen, du Stücke du!« sagte der rohe Mensch, als er mit der Kleinen die Taxushecke passierte. In diesem Augenblick tauchte Old Shatterhand vor ihm auf und schlug ihm mit der flachen Hand gegen die

Nasenwurzel, während Winnetou ihm von hinten in die Kniekehlen trat. Das ist eine empfehlenswerte Kombination, die erfahrungsgemäß jeden so Angegriffenen, welchen Ständen er auch angehören mag, wie einen Haufen Dreck zusammensacken läßt. Das Mädchen hatte die Geistesgegenwart, dem Taumelnden noch mit dem nackten Fuß in den Magen zu treten, was ihr ein für allemal die Bewunderung der Trapper einbrachte. Im Nu rissen Winnetou und Old Shatterhand das Mädchen seitwärts in die Büsche, und nach drei, vier Sprüngen kreuz und quer warfen sie sich mit ihr zu Boden.

»Dorthin sind sie gelaufen«, hörten sie Sam Hawkens und Hobble Frank brüllen. Und dann hörten sie den Gärtner in der verkehrten Richtung davonsausen.

Die vier berühmten Westmänner hoben das Mädchen vom Boden auf, stellten es auf die Beine und klopften ihm den Schmutz von den Kleidern.

»Wie heißt du?«

»Idchen.«

Sie bot ihren Rettern zwei von den gestohlenen Äpfeln an.

»Von welchem Baum sind sie?«

»Poliklinik.«

»Wie kommst du auf das Kliniksgelände?«

»Meine Mutter wäscht hier.«

»Seit wann?«

»Seit heute.«

»So wirst du jetzt öfter kommen?«

»Ja.«

»Bist du selber in den Baum geklettert?«

»Ja.«

»Kannst du gut klettern?«

»Ja.«

Die vier berühmten Westmänner sahen sich an.

»Meine weiße Schwester hat sich sehr tapfer benommen«, sagte Winnetou, »der Tritt in den Bauch war gut.«

»Sehr gut, wenn ich mich nicht irre«, bekräftigte Sam Hawkens.

»Krossartch«, sagte Hobble Frank, seiner Verpflichtung gemäß in sächsischer Mundart, was ihm nicht schwerfiel.

Man sah befriedigt auf das kleine nackte Füßchen, das diesen Tritt ausgeführt hatte.

»Willst du Mitglied unserer Bande ...?«

»Ja«, sagte Idchen, noch ehe Old Shatterhand die Frage vollendet hatte.

»So wirst du mit uns die Pfeife des Friedens rauchen«, bestimmte Winnetou.

Man ging tiefer in die Büsche. Man kauerte sich im Halbkreis auf den Boden. Idchen unterbrach durchaus nicht das zeremoniöse Schweigen, das nun folgte, während die Friedenspfeife die Runde machte. Als sie zu ihr kam, machte sie die vorgeschriebenen Züge in die vier Windrichtungen wie ihre Vorgänger.

»Meine weiße Schwester scheint die Bräuche der Indianer zu kennen«, meinte Winnetou.

»Mein roter Bruder hat es getroffen«, erwiderte Idchen.

»Uff«, sagte Winnetou. »Uff, uff!«

»Wir müssen ihr einen Namen geben«, meinte Old Shatterhand.

»Wir werden sie *Flinker Fuß* nennen, wenn es der weißen Lilie recht ist«, schlug Winnetou vor.

Idchen nickte.

»Er hätte mich nie erwischt, wenn ich mich nicht so gerissen hätte«, sagte sie und zeigte den Trappern einen tiefen Kratzer an ihrem Oberschenkel, den diese sachgemäß betrachteten.

»Dieser Enkel und Urenkel eines Stinktieres«, sagte Old Shatterhand, während er die kleine Wunde aussaugte – damit keine Blutvergiftung entstehen könne –, »wird unsere Schwester nicht mehr belästigen. Sie steht jetzt unter unserm Schutz.«

»Howgh«, sagte Winnetou.

Und so war es. Sie hätte in einem Banksafe nicht sicherer sein können. Acht Augen wachten über ihr Wohlergehen. Sie leistete dafür der Bande vorzügliche Dienste als Kundschafterin. Da sie als Mädchen weniger verdächtig war, war sie unbezahlbar als Spionin, wenn es galt, Gelegenheiten auszuknobeln.

Aber auch in der Schlacht stand sie ihren Mann. Kein Zaun war ihr zu hoch, kein Baum zu dick. Auch waren im Notfalle immer Hände da, ihr zu helfen. Sie wurde über Mauern gehoben, durch Gräben getragen, auf Bäume gezogen, zu Boden geworfen, aufgehoben und nach dem Gefecht abgestaubt wie ein Gegenstand.

Die Bande liebte sie. Und sie hätte für die Bande ihr Hemd hergegeben, wenn sie eines angehabt hätte.

Manchmal hatte Peterhans das Gefühl, als ob sie ihn ein wenig bevorzuge. An ganz kleinen Dingen glaubte er es zu merken. Sie war stets an seiner Seite. In der Schlacht, auf der Flucht wie am Lagerfeuer. Wenn sie Äpfel gestohlen hatte, bekam er den schönsten. Wenn sie im Wigwam ruhten, durfte er sie als Kopfkissen benutzen. Und die Wärme ihres Körperchens, die durch das dünne Kleid drang, stellte die berühmte Kaltblütigkeit Old Shatterhands auf eine harte Probe. Ob sie ihn wohl mochte? Wenn er ihr zuweilen prüfend in die Augen sah, blickte sie unschuldig wie ein Kätzchen zurück.

Da geschah es eines Tages, als er mit ihr im Kohlenschuppen auf die übrigen Trapper wartete, daß sie sich einen Splitter in den großen Zeh gestoßen hatte. Peterhans bemühte sich, ihn herauszuziehen. »Du mußt stillhalten«, sagte Peterhans.

Endlich war die Operation geglückt. Der Splitter war raus. Und der Operateur war erledigt.

»Idchen«, stammelte er.

»Was denn?« fragte sie.

»Ich ... habe dich lieb!«

»Ich dich auch!«

»Nicht so wie ich dich!«

»Doch!«

»Du weißt nicht, was ich meine!«

»Doch!«

»Nein, du weißt es nicht!«

»Doch!«

Ein Schweigen entstand.

»Es ist kühl geworden«, stellte Peterhans fest. Das war es in der Tat.

Der Herbst machte sich bemerkbar.

»Im Wigwam ist es warm«, meinte Idchen obenhin.

Beide erhoben sich.

Der Wigwam war der Keller der Zentralheizung des Pathologischen Institutes.

Sie gingen schweigend nebeneinander. Ihre Finger berührten sich.

Der Eingang zum Wigwam war ein Souterrainfenster, so klein, daß ein Erwachsener sich nicht hätte hindurchzwängen können. Es lag zu ebener Erde, so daß man sich lang hinlegen mußte, um durchzukriechen.

Das tat denn auch Idchen. Erst verschwand ihr Kopf, dann ihre Schultern, ihre Hüften und dann ihre endlos langen Beine.

Und dann folgte Old Shatterhand.

Der Kellergang war so niedrig, daß man sich nur kriechend fortbewegen konnte. Selbst im Sitzen mußte man noch den Kopf beugen.

Liegen war die einzig erträgliche Position.

Die Heizröhren knackten. Es war eine Bullenhitze.

Die Luft war zum Schneiden.

Ist es möglich, daß solche Umgebung zum Paradies werden kann?

»Ja«, sagte Peterhans ganz laut, als er in seinen Erinnerungen soweit gekommen war.

Dann verließ er das Kliniksgelände durch eine Nebenpforte, die auf den Franzosenweg führte. Als das kleine Tor hinter ihm zufiel, schloß sich für immer der Garten seiner Kindheit.

Rostock in Mecklenburg

»Ich möchte einen Tütt.«

Der Knirps hob sich auf die Zehen, um den Groschen, den seine kleinen dreckigen Finger umklammert hielten, auf den Ladentisch zu legen.

»Tjäwoll, min Sän.«

Der Verkäufer wickelte eine kleine aus Gummi gefertigte Vorrichtung, die erfunden wurde, um stillende Mütter vor den Zähnchen ihrer Babys zu schützen, in ein Stück Seidenpapier.

»Sagen Sie doch bitte dem Kinde, wie das heißt!«

Die Stimme klang streng und pikiert und gehörte einer Dame der Rostocker Gesellschaft.

Der Verkäufer erschrak. Das freundliche Lächeln verschwand. Seine Lippen zogen sich zusammen, als seien sie von einer Zitrone geküßt worden.

»Das heißt Gummisauger, mein Sohn«, sagte er streng und verweisend auf hochdeutsch zu dem Knaben.

»Sehen Sie, *so* gehört sich das!« sagte die Dame und rauschte hinaus.

»Und was wünschen Sie?« wandte sich der Verkäufer an Peterhans.

»Halsbonbons.«

»Der Herr sind vom Theater?«

»Ja.«

»Das Rostocker Klima ist sehr hart. Aber Sie werden sich daran gewöhnen. – Sind der Herr eben erst eingetroffen?«

»Ja.«

»Haben der Herr schon Wohnung?«

»Nein.«

»Darf ich Ihnen mit einigen Adressen dienlich

sein? – Die Herren vom Theater kommen erfahrungsgemäß zuerst zu mir, um Halsbonbons zu kaufen. So lassen die Familien, die interessiert sind, an Künstler zu vermieten, ihre Adressen bei mir…«

Er händigte Peterhans eine Liste aus, und die Halsbonbons.

»Sie sind sehr freundlich. – Was bin ich Ihnen schuldig?«

»Nichts. – Die *ersten* Bonbons sind gratis. – Wir sind eine kunstliebende Stadt. Und stoßen Sie sich nicht an dem Gummisauger.«

»Bestimmt nicht.«

»Das Stadttheater ist dort drüben.«

»Ich kann es deutlich sehen.«

Man konnte es in der Tat deutlich sehen.

Dort lag das stolze Gebäude, frei und offen, inmitten von schönen Promenaden, mit einer richtigen Anfahrtsrampe, wie sich das für ein Stadttheater gehört und wie sich das jeder Schauspieler erträumt. Und jeder Komödiant wird es in jeder Stadt finden, ohne nach dem Wege zu fragen.

Und so war es auch ihm ergangen.

Peterhans hatte sein Gepäck auf dem Bahnhof gelassen und war zu Fuß durch die Straßen geschlendert, bis er, wie von einem Magneten angezogen, mit der Nase davor stand. Beim Anblick des riesigen Baues hatte sich in der Gegend seines Magens eine Weichheit spürbar gemacht. Würden seine Stimmbänder diesen Dimensionen gewachsen sein? Er hatte sich von den Sprechübungen bei dem Meister noch nicht erholt. Er fühlte ein Kratzen im Halse. Und obgleich er wußte, daß Bonbons kein Heilmittel sind für mangelnde Technik, war er doch in die Drogerie gegangen.

Und mit den Bonbons in der Tasche stand er zum ersten Male vor dem Bühneneingang.

Es war September. In herbstlicher Sonne zauste der Seewind an seiner »Talentwindel«, wie der damals moderne Umhängemantel im Schauspieleridiom hieß. Noch immer zögerte er. Noch einmal holte er tief Atem, bevor er die Tür öffnete. Peterhans trat ein.

Noch eine Windfangtür.

Dann die Portierloge.

»Mein Name ist Binningen. – Ich bin ein neues Mitglied. Ich möchte Herrn Direktor Schaper begrüßen.«

»Das Büro ist im zweiten Stock.«

»Danke.«

Aber Peterhans kam nicht gleich bis zum zweiten Stock.

Nach der ersten halben Treppe blieb er wie angewurzelt stehen. Seine Augen waren hypnotisiert von einer riesigen eisernen Tür, auf der zu lesen war:

Bühne – absolute Ruhe
Unbefugten ist der Zutritt verboten

Er war nicht unbefugt, nicht wahr? Er öffnete vorsichtig die Tür. Die Probe hatte noch nicht begonnen.

Als seine Augen sich an die Dämmerung gewöhnt hatten, ging er bis zur Mitte der Bühne und starrte in den leeren Zuschauerraum.

Da stand er. Und atmete zum ersten Male jene Luft ein, deren Zauber niemanden verläßt, der sie einmal getrunken hat. Jenen Duft von Schminke, Staub, Imprägnierung und verbrannten Haaren, der die Nasenlöcher weit und die Stimmbänder trocken macht.

Schweigen.

Über Peterhans' Haupt hingen Wälder, Zimmer, Paläste, Hütten und Hexenküchen.

Und schwiegen.

Sie hätten viel erzählen können von Rittern, Feen, Lindwürmern, Abenteuern, Liebe, Haß, Neid, jubelndem Erfolg und verkrachten Karrieren. Aber sie schwiegen. Es war ein lastendes Schweigen.

Was würden sie einmal von ihm verschweigen?

Peterhans' Lippen bewegten sich: »Lieber Großvater, verlaß mich nicht. Lieber Onkel Fritz, verlaß mich nicht. Lieber Gott, verlaß mich nicht ...«

Er hätte vielleicht den lieben Gott an erster Stelle nennen sollen. Aber das war die Reihenfolge, wie sie ihm einfiel.

Dann ging er in den zweiten Stock, um Schaper seine Antrittsvisite zu machen.

Vorher schaute er noch in das Konversationszimmer, links von der Bühne.

»Die Schwierigkeiten beginnen mit dem ersten Schritt«, hatte Onkel Fritz gesagt.

Peterhans glaubte die ersten Schwierigkeiten in einem schmalen stupsnäsigen Gesicht zu erblicken, das aufmerksam die Probetafel studierte.

Peterhans stellte sich vor.

»Sehr angenehm«, sagte das Gesichtchen, das kaum sechzehn Jahre alt sein konnte. »Ich heiße Karla.«

»Ist das Ihr Vatersname?«

»Nein. Mein Vorname. Die Kollegen nennen mich Lämmchen. Ich bin sehr dumm. Ich sage es Ihnen lieber gleich.«

»Welches Fach spielen Sie?«

»Ich bin vom Ballett.«

»Oh ...«

Er erinnerte sich sogleich an das, was Onkel Fritz vom Ballett gesagt hatte. Nämlich, daß die stürmischen Ambitionen der meisten Anfänger bereits im ersten Engagement zwischen den wohltrainierten Beinchen einer Balletteuse zu versinken pflegen.

Peterhans studierte nun ebenfalls die Probetafel. Dabei schielte er ehrfürchtig auf das neben ihm stehende eventuelle künftige Grab seines Talentes. Lämmchen hatte eine nervöse Art, die Schenkel gegeneinanderzupressen, während sie das Körpergewicht von einem Bein auf das andere verlegte und ihre Lippen stumm mitlasen, was die Augen am Probezettel entdeckten.

»Sind Sie der neue Liebhaber?«

»Nein. Ich bin Erster Charakterspieler. – Sind Sie enttäuscht?«

Lämmchen schüttelte den Kopf und las weiter. Ihre Lippen bewegten sich.

Sie ist wirklich sehr dumm, dachte Peterhans.

»Sind Sie – das?«

Ihre Finger zeigten auf seinen Namen, der unter der Rubrik *Chorprobe* stand: »›Carmen‹ ... Dazu die Herren: ...« Und dann kam sein Name gleich als erster.

Peterhans schoß das Blut in den Kopf. Da war sie: *die erste Gemeinheit!*

Und die erste Bedingung, die Peterhans damals auf der Agentur von Emil Nordes gestellt hatte, war, daß er nicht im Chor zu singen brauche. Und Schaper hatte es ihm versprochen. Und nun das!!!

In diesem Augenblick steckte der uniformierte Theaterdiener Grünwald seinen Kopf zur Tür herein.

»Sind Sie Herr von Binningen?«

»Ja.«

»Der Herr Erste Kapellmeister Becker vermißt Sie auf der ›Carmen‹-Probe. Sie ist oben im Probesaal. Sie möchten sofort hinaufkommen.«

»Sagen Sie Herrn Ersten Kapellmeister Becker, er...«

Peterhans sah gerade noch, wie der Theaterdiener Grünwald unfähig war, seinen Mund zu schließen, und wie Lämmchen fassungslos auf der Stelle trippelte.

Peterhans stürmte mit Riesenschritten die Treppe zum Büro hinauf.

»Guten Tag, Herr Direktor. Ich kam, Ihnen meine Aufwartung zu machen. Ich bitte um Entschuldigung, daß ich so wütend aussehe. Aber ich *bin* es. Ich bitte um meine Entlassung.«

»Nehmen Sie Platz«, sagte Schaper.

Er saß hinter einem mächtigen Schreibtisch. Über seinem Kopf an der Wand hing ein Lorbeerkranz.

»Dem genialen Direktor und wunderbaren Regisseur.«

Peterhans setzte sich und starrte auf die Schleife, um nicht Schaper ansehen zu müssen, dessen Augen er auf sich ruhen fühlte.

Es entstand eine ziemlich lange Pause.

»Was ist es«, fragte Schaper unheimlich liebenswürdig, »das Ihre Entrüstung in so hohem Maße erregt hat?«

Dabei nahm er seine Brille ab und putzte sie.

»Was meine Entmaßung in so hoher Brüstung entbehrt... entehrt... erregt hat...«, stammelte Peterhans... Und dann sagte er es ihm.

»So, das ist es«, sagte Schaper und setzte die Brille wieder auf.

»Ja, das ist es! Sie erinnern sich, daß Sie mir ausdrücklich versprachen, mich *nicht* im Chor zu beschäftigen. Wir haben den Vertrag daraufhin geändert.«

Wieder eine Pause.

Schapers Finger trommelten auf der Tischplatte. Dann hielten sie in dieser Beschäftigung inne und drückten auf einen Knopf.

»Haben Sie schon eine Wohnung?«

»Nein. Meine Koffer sind noch auf der Bahn. Ich kann gleich wieder abreisen.«

»Vorausgesetzt«, sagte Schaper, während er aufmerksam seinen Bleistift betrachtete, »daß ich Ihnen die gewünschte Entlassung gebe... was ich voraussichtlich tun werde... Sollten Sie abreisen ohne die Bewilligung Ihres Ansuchens, so würde das Kontraktbruch bedeuten. Und das würde bedeuten, daß Sie die nächsten fünf Jahre an keiner Bühne Deutschlands auftreten dürften. Aber Sie sind ja noch jung.«

Und zu dem eintretenden Sekretär sagte er: »Den Vertrag des Herrn von Binningen, bitte.«

»Sehr wohl, Herr Direktor«, sagte der Sekretär,

der stark lispelte, »und ... bitte ... es ist nicht meine Schuld, daß dieser Herr unangemeldet bei Ihnen eintrat. Er wollte sich nicht zurückhalten lassen und hat mir vor die Brust gestoßen.« Bei *Brust* lispelte er so stark, daß man die Aussprache *sehen* konnte.

»Mich«, sagte Schaper.

»Sie auch, Herr Direktor?« zitterte der Sekretär.

»Mich«, sagte Schaper, »mich vor die Brust gestoßen. Wie denken Sie darüber, Herr von Binningen?«

»Ich glaube, man kann beides sagen.«

»Das glaube ich nicht«, sagte Schaper. »Man kann nicht sagen: Er hat mir gestoßen. Es heißt: Er hat mich gestoßen. Die nähere Bezeichnung *vor die Brust* kann daran nichts ändern. – Finden Sie nicht, Herr Henrich?«

»Herr Direktor haben wie immer recht ...«, versicherte Herr Henrich.

»Wie dem nun auch sei«, räusperte sich Peterhans, »ob ich Ihnen oder Sie vor die Brust gestoßen habe, es war in jedem Falle sehr ungezogen. Ich bitte es meiner Erregung zugute zu halten und bitte Sie um Entschuldigung, mein Herr.«

»Oh ... das macht absolut durchaus gar nichts ...«, stotterte Herr Henrich entwaffnet und zog sich zurück.

»Haben Sie schon etwas von der Stadt gesehen?«

»Nein.«

»Es ist eine reizende Stadt. Schade, daß Sie sie so schnell wieder verlassen wollen.«

Peterhans versuchte mit aller Energie, keine Feuchtigkeit in seine Augen kommen zu lassen.

Henrich brachte den Vertrag.

Schaper studierte ihn sorgfältig und ohne Eile.

»Hier steht ausdrücklich, daß Sie engagiert sind als Schauspieler *und* Sänger.«

»Ganz recht. Früher stand sogar da: als Chorsänger. Das *Chor* haben wir dann weggestrichen, wie Sie sehen.«

»Ganz recht. Und warum haben wir das *Sänger* stehenlassen?«

»Als Sie mir versprachen, mich vom Chor zu befreien, sagten Sie, das bedeute nicht, daß ich nicht kleine Schauspielrollen, wie sie manchmal in Opern vorkommen, übernehmen müsse, ebensowenig wie es mich davon befreie, im ›Tannhäuser‹ mitzustatieren, was alle Kräfte vom Ersten Helden bis zum letzten Anfänger mitmachen müßten. Und um diese Verpflichtung zu decken, blieb der *Sänger* stehen.«

»Wie interessant«, sagte Schaper. »Und was steht hier?«

Peterhans las:

»Jede irgendwie getroffene mündliche Abmachung, die nicht in diesem Vertrage ausdrücklich stipuliert ist, ist ungültig.«

»Unsere mündliche Abmachung *ist* aber in diesem Vertrag stipuliert«, beharrte Peterhans, »dadurch, daß das Wort *Chor* ausdrücklich gestrichen wurde.«

»Stehengeblieben ist aber der *Sänger*«, sagte Schaper sehr ruhig. »Das heißt, daß ich nicht nur das Recht, sondern sogar die Pflicht habe – Sie könnten mich nach den Statuten der Bühnengenossenschaft dazu *zwingen* –, Ihre Dienste als Sänger abzunehmen.«

»Hm …«, sagte Peterhans.

»Und infolgedessen«, fuhr Schaper fort, »bleibt mir nichts anderes übrig – da ich Sie den Lohengrin nicht singen lassen kann, wenn ich Ihre Dienste als Sänger überhaupt abnehmen will, und das *muß* ich –, als Sie im Chor zu beschäftigen. Das ist sehr einfach.«

Peterhans betrachtete träumerisch die große Schleife an dem Kranz.

»Ich ziehe mein Entlassungsgesuch zurück, Herr Direktor.«

»Das ist gescheit, mein junger Freund.«

Peterhans erhob sich. Schaper reichte ihm die Hand.

»Ich hoffe, daß wir uns immer so schnell verstehen werden.«

»Das hoffe ich auch, Herr Direktor.«

In der Tür wandte sich Peterhans noch einmal zurück. »Und bitte, lassen Sie mir die Partitur zugehen.«

»Welche Partitur?«

»Lohengrin. Ich habe es mir überlegt. Ich werde ihn singen. Erstens war es immer mein Traum, ihn zu singen. Und zweitens haben Sie mich davon überzeugt, daß ich dazu verpflichtet bin, weil der *Sänger* im Vertrag stehengeblieben ist. Wozu ich aber *nicht* verpflichtet bin – und was ich infolgedessen auch *nicht* tun werde –, ist: im Chor zu singen, weil das Wort *Chor* ausdrücklich gestrichen ist. – Guten Morgen, Herr Direktor.«

Schaper hatte noch immer den Mund offen, als Peterhans noch einmal den Kopf zur Tür hineinsteckte.

»Und vergessen Sie nicht, Herr Direktor, daß ich Sie *zwingen* kann, mich den Lohengrin singen zu lassen.«

Und draußen war er. Und ihm war bedeutend leichter. Unten stand Lämmchen.

»Sie sind rausgeflogen?«

»Nein.«

»Sie sind *nicht* rausgeflogen?«

»Nein, Schäfchen. – Willst du mit mir eine Tasse Kaffee trinken?«

»Ja.«

Peterhans fühlte sich angenehm stark, als er seinen Arm schützend um das zerbrechliche Schäfchen legte, um es über den Theaterplatz hinüber zur »Klause« zu geleiten. Als er einen flüchtigen Blick zurückwarf, sah er Schaper im Fensterrahmen stehen, die Arme verschränkt, gedankenvoll ihm nachblickend.

Schäfchen bestellte sich eine Tasse Schokolade. *Mit* Schlagsahne. Dazu Kuchen. *Mit* Schlagsahne.

»Aber ich bezahle es selber«, sagte sie.

Seine Augen ruhten mit Wohlgefallen auf ihrem vollen Mund. Da war ein Zug um die Winkel, der einen angenehmen Kontrast bildete zu den sonst so vornehmen Linien. Dieser Zug war ausgesprochen vulgär. Und obwohl es anderweitig soviel Aristokratisches in dem Gesicht zu bemerken gab, war es gerade dieser Zug, dieser etwas ordinäre Zug um die Mundwinkel, der Peterhans' Blicke immer wieder auf sich zog.

Sie könnte das Produkt eines Landgrafen sein und einer hübschen Kuhmagd, dachte Peterhans.

In den feinen Schatten unter den grauen Augen lief je ein pikantes winziges waagerechtes Fältchen.

Nein, der Zug um den Mund störte nicht. Zugegeben, er paßte nicht. Aber er störte nicht.

Wenigstens Peterhans nicht.

Ein Maler, dachte Peterhans, der ihr Gesicht für eine Madonna brauchen wollte, könnte ja diesen Zug weglassen. Oder, falls er sich zum Schluß versucht fühlen sollte, den Zug doch wieder hineinzumalen, das Bild »Irdische Madonna« taufen. Eine Madonna quasi, die mit einem Bein auf der Erde geblieben war.

Fest stand, daß beide Beine erstklassig waren und daß der Zug um den Mund half, an sie zu denken.

»Woran denken Sie?« fragte Lämmchen.

»Ich denke daran, Schäfchen«, sagte Peterhans, »daß deine Augen unschuldig sind und dein Mund wissend ist.«

»Das verstehe ich nicht«, sagte Lämmchen. Und es klang überzeugend.

»Bist du auch Anfängerin?«

Lämmchen schüttelte den Kopf.

»Schon das zweite Jahr bei der Bühne?«

»Das zehnte.«

Peterhans machte ein so dummes Gesicht, daß Lämmchen ihre Freude daran hatte.

»Beim Ballett muß man mit sieben Jahren anfangen. In der Ballettschule. Und während der Zeit habe ich schon Kinderrollen gespielt.«

»Den kleinen Däumling vielleicht?«

»Woher wissen Sie?«

Peterhans' Gedanken flogen zurück auf den dritten Rang des Stadttheaters in Halle und zu Elschen Becker.

»Schritt für Schritt,
Mann für Mann ...«

trällerte er. Es war der Marsch der Kinder, zu Beginn des zweiten Aufzuges, wenn sie von den armen Holzhackereltern in den Wald geführt werden.

Lämmchen fiel sofort ein:

»Vater, Mutter
Ziehn voran ...«

und beide fuhren fort:

»Immerdar, immerdar,
Daß uns kein Leid geschehen kann ...«

Lämmchen klatschte in die Hände vor Freude.

»Hattest du Angst vor dem Menschenfresser?« fragte Peterhans.

»O nein. Der Menschenfresser war Papa Melchinger. Er wohnte bei uns, und er war Mutti viel Miete schuldig. Mutti sagte mir immer, vor *dem* brauchte ich keine Angst zu haben.«

»Aber ich wette, er hätte dich gerne gefressen. Jeder würde das gerne ...«

Lämmchen pustete nachdenklich in die Schlagsahne auf ihrer Schokolade.

»Wenn du schon so lange bei der Bühne bist, wirst du schon viele Freunde gehabt haben?«

Sie schüttelte den Kopf.

»Sieh mich an.«

Sie sah ihn an und führte die Tasse zum Munde. Sie verbrannte sich die Lippen an der heißen Schokolade unter der kalten Schlagsahne und verschluckte sich.

»Das kommt davon, wenn man lügt.«

»Ich lüge nicht.«

»Ich kann es nicht glauben, Schäfchen.«

»Unsere Ballettmeisterin ist sehr streng.«

»Ein Sack Flöhe ist leichter zu hüten als ein Mädchen, sagt das Sprichwort.«

»Es hat mir noch keiner gefallen.«

»Das wäre ein Argument.«

Peterhans beobachtete zwei senkrechte Falten an der Nasenwurzel, die ihn an Idchen erinnerten.

»Schäfchen ...?«

»Ja ...?«

»Es gibt Menschen, zu denen man vom ersten Augenblick an *du* sagen möchte. Bist du mir böse, daß ich es in deinem Falle getan habe?«

»Nein.«

»Möchtest du nicht auch vielleicht zu mir du sagen?«

»Das muß von alleine kommen.«

Sie sah angestrengt zum Fenster hinaus.

»Nichts kommt von alleine«, sagte Peterhans. Und er fühlte, daß das nicht sehr geistreich war.

»Sie möchten zu Herrn Direktor Schaper kommen.« Es war der Theaterdiener Grünwald, der das sagte und der plötzlich wie ein Gespenst an der Nische stand, in der die beiden saßen. Der Theaterdiener Grünwald sprach das rollende dramatische *»R«*. Auch in Silben, wo gar kein »R« vorkam. »Schaper« klang bei ihm wie »Scharper«.

»Jetzt hat er es sich überlegt«, flüsterte Lämmchen, »jetzt wird er Sie rausschmeißen.«

»Willst du hier auf mich warten?«

»Ja.«

Grünwald wich nicht von Peterhans' Seite, als er mit ihm über die Straße schritt.

»Haben Sie keine Handfesseln mit?« fragte Peterhans.

Der Geist von Hamlets Vater

Schaper saß hinter seinem Schreibtisch. Er deutete auf einen Stuhl.

»Es wird sich nun«, sagte Schaper, und er versuchte, Peterhans zwischen Klemmerrand und Augenbrauen ins Blickfeld zu bekommen, wobei er den Kopf so tief halten mußte, daß er das Bild eines angreifenden Bullen abgab, »es wird sich nun herausstellen, ob hinter Ihrer Keckheit mehr steckt als Keckheit!«

»Gott gebe es!« sagte Peterhans mit einem echten Seufzer.

Und als er sah, daß Schaper ein Schmunzeln zu

unterdrücken suchte, fügte er hinzu: »Ich habe Sie sehr gern, Herr Direktor!«

»Das können Sie mich auch!« sagte Schaper. »Und um nun zur Sache zu kommen: Kennen Sie einen Schriftsteller namens Shakespeare?«

»Meinen Sie den, von dem Shaw entschieden hat, Shakespeares Stücke seien nicht von Shakespeare, sondern von einem Dichter gleichen Namens?«

»Genau den! – Eines seiner Stücke heißt ›Hamlet‹. – Je davon gehört?«

»Hamlet heißt zu deutsch *Wirtshaus,* nicht wahr?«

»Auch ein dänischer König hieß so.«

»Er wurde von seinem Bruder ermordet.«

»Ganz recht. Und nun erscheint dieser König seinem Sohne als Geist und fordert ihn auf, seinen Tod zu rächen.«

»Ich erinnere mich.«

»Dieser *Geist von Hamlets Vater* ist eine sehr schwierige Rolle. Sowohl textlich als darstellerisch.«

»O ja!«

»Von einem Anfänger oder überhaupt einem Menschen Ihres jugendlichen Alters kaum zu bewältigen.«

»Hier irren Herr Direktor. – Wann soll ich ihn spielen?«

»Morgen abend. Melchinger ist erkrankt.«

Schaper sah Peterhans an.

Peterhans sah Schaper an.

»Wo ist die Rolle?« fragte Peterhans.

»Hier. – Soll ich Ihnen Striche reinmachen?«

»Bitte nicht.«

»Sie können nur eine einzige Probe haben. Morgen früh. Die werde ich selber leiten.«

Damit gab er ihm die Rolle in die Hand. Und Peterhans ging.

Er lief vielmehr.

Fast hätte er Lämmchen vergessen. Er eilte in die Klause und erzählte ihr, was vorgefallen war.

»Ich muß dich jetzt verlassen, Lämmchen. Ich muß Wohnung suchen und lernen.«

Und raus war er.

Seltsam! Alle Reize Lämmchens schienen plötzlich nicht mehr zu existieren. Alles was ihn reizte, war der Geist von Hamlets Vater.

Er mietete in der Großen Wasserstraße Nummer 6 ein Dachzimmer.

Zwanzig Mark monatlich, inklusive Frühstück und Bedienung.

Dann holte er seinen Koffer vom Bahnhof, schüttete den Inhalt in die Kommode, ließ sich Tee kommen und stürzte sich auf den Geist wie der Hund auf den Knochen.

Nach zwei Stunden beherrschte er die Rolle vor- und rückwärts.

Dann schlief er bis zum Abend.

Dann begab er sich, die Rolle in der Tasche, in die Klause, die ihm schon eine zweite Heimat schien, und aß zu Abend.

Und trank eine halbe Flasche Rotwein dazu.

Und dann hörte er eine Stimme:

»Wenn ich Ihr Vater wäre, ginge ich ins Wasser!« Es war Schapers Stimme.

»Wollen Sie nicht Platz nehmen, Herr Direktor?«

»Anstatt zu Hause auf einem nassen Lappen zu sitzen und zu lernen, sitzen Sie hier und besaufen sich!?«

»Ich kann die Rolle. Es wäre sehr lieb, wenn Sie mich abhören würden.«

»Da bin ich aber gespannt«, sagte Schaper und setzte sich.

»Ich möchte Ihnen gern ein Glas Wein anbieten, Herr Direktor, aber die Flasche ist leer.«

Schaper bestellte eine neue. Eine ganze.

Und dann fing Peterhans an, die Rolle vorzutragen. Im Flüsterton.

Schaper sagte kein Wort. Verbesserte nichts.

Nur zum Schluß bemerkte er:

»Selbst wenn Herr Melchinger, was Gott verhüten möge, bis morgen abend wieder gesund sein sollte, so spielen Sie die Rolle trotzdem!«

Und nun wurde es sehr gemütlich. Schaper war aufgekratzt und begann, Theateranekdoten zu erzählen.

Je nach Bedarf bestellte er hin und wieder immer noch eine Flasche Burgunder.

Unter den Anekdoten befanden sich manche, die von der *Versenkung* handelten.

»Es ist mir noch nie gelungen, eine ›Hamlet‹-Aufführung zu inszenieren, wo nicht mit der Versenkung beim Geist von Hamlets Vater etwas passiert wäre ... Aber davon wollen wir lieber nicht sprechen! Prost!«

Und sie tranken immer noch eins.

Um elf Uhr begleitete Schaper Peterhans, der keine Ahnung mehr hatte, wo die Große Wasserstraße gelegen war, nach Hause, wobei man nicht genau unterscheiden konnte, wer wen stützte.

Vor dem Haustor verabschiedeten sie sich.

»Also morgen früh um neun Uhr«, sagte Schaper streng, da er glaubte, daß es Zeit sei, wieder einmal den Direktor herauszukehren, »und zwar pünktlich«, fügte er noch hinzu.

»Gute Nacht, Herr Direktor! – Und vergessen Sie nicht, Ihren Wecker zu stellen!«

Die Probe am nächsten Morgen verlief reibungslos. Bis auf den Aufenthalt, der dadurch entstand, daß Schaper die Versenkung immer wieder spielen ließ, um ihre Zuverlässigkeit zu prüfen.

»Bühnenmeister!«

»Tjawoll, Herr Direktor?«

»Wie lange sind Sie Bühnenmeister?«

»Fünfunddreißig Jahre, Herr Direktor.«

»Eine schöne Zeit. Und es wird die längste gewesen sein, wenn heute abend irgend etwas mit der Versenkung passieren sollte!«

»Tja – was sollte denn woll passieren, Herr Direktor?«

»Daß sie zum Beispiel steckenbleibt, Sie weiser Mann!«

»Tjä, warum sollte sie denn wohl s-teckenbleiben, Herr Direktor? Es sei denn, sie wäre durch das viele Probieren kaputtgegangen. Das hält ja wohl die s-tärkste Versenkung nich aus!«

»Weiter!« kommandierte Schaper.

Die Generalprobe dauerte bis drei Uhr.

»Sie waren unheimlich. Hoffentlich treffen Sie es heute abend wieder so. Lassen Sie sich vom Garderobier etwas Filz unter die Sohlen kleben, damit man Ihre Schritte nicht hört. Und passen Sie auf, daß die Glühbirne im Visier richtig sitzt, so daß Ihr Gesicht immer beleuchtet ist. – Ich wollte, der heutige Abend wäre vorüber.«

Und Schaper tupfte sich den Schweiß von der Stirn.

»Sie müssen nämlich wissen, daß ich noch nie den ›Hamlet‹ inszeniert habe, ohne daß ...«

»Ich weiß, Herr Direktor!«

Als Peterhans am Abend in der eisernen Rüstung steckte, die ihm kaum erlaubte, sich zu bewegen, als sein Auftritt immer näher kam, schlug ihm das

Herz gegen die Rippen, daß der Brustpanzer mitzudröhnen schien. Aber als er dann auftrat auf lautlosen Sohlen, als ein Raunen durch den Zuschauerraum ging, als Hamlet und seine Freunde vor seiner Erscheinung – laut Regie – in die Knie sanken, wurde er plötzlich so eisig ruhig, daß er sich vor sich selber fürchtete.

Obwohl der Chronist weiß, daß du, lieber Leser, die nun folgende Szene kennst, kann er sich nicht verkneifen, sie hierherzusetzen, weil sie erstens an Wortgewalt das Schönste ist, was Shakespeare geschrieben hat, zum anderen aber auch, um dir, geneigtem Leser, begreiflich zu machen, wie es kommen konnte, daß unser Held in eine Trance versetzt wurde, die ihn alles um sich herum vergessen ließ. Ein herrlicher Zustand, der ihm in seiner späteren Laufbahn nie wieder beschieden war.

Du mußt aber, lieber Leser, nicht oberflächlich, wie es deine Gewohnheit ist, über die Zeilen hinweglesen, sondern jede Silbe auf der Zunge schmecken und auf dich wirken lassen.

Hier ist die Szene:

HAMLET: Engel und Boten Gottes, steht uns bei!
Sei du ein Geist des Segens, sei ein Kobold,
Bring Himmelslüfte oder Dampf der Hölle,
Sei dein Beginnen boshaft oder liebreich,

Du kommst in so fragwürdiger Gestalt,
Ich rede doch mit dir; ich nenn' dich, Hamlet,
Fürst, Vater, Dänenkönig: Oh, gib Antwort!
Laß mich in Blindheit nicht vergehn! Nein, sag,
Warum dein fromm Gebein, verwahrt im Tode,
Die Leinen hat gesprengt? Warum die Gruft,
Worin wir ruhig eingeurnt dich sahn,
Geöffnet ihre schweren Marmorkiefer,
Dich wieder auszuspeien? Was bedeutet's,
Daß, toter Leichnam, du in vollem Stahl
Aufs neu' des Mondes Dämmerschein besuchst,
Die Nacht entstellend; daß wir Narren der Natur
So furchtbarlich uns schütteln mit Gedanken,
Die uns're Seele nicht erreichen kann?
Was ist dies? Sag'! Warum? Was sollen wir?

GEIST *(winkt Hamlet, ihm zu folgen)*

(Abgelegener Teil der Terrasse. Geist und Hamlet kommen)

HAMLET: Wo führst du hin mich? Red', ich geh' nicht weiter.

GEIST: Hör' an!

Peterhans erschrak vor seiner eigenen Stimme. Sie hatte nichts Substantielles, nichts Greifbares mehr. Sie schien aus weiten Fernen zu kommen. Ein Hauch von Schwermut war das einzig Irdische an ihr. Sie versetzte unseren Helden in eine Art Selbstypnose, der er sich nun willenlos hingab.

Das Gefühl, daß jetzt die Bühne ihm gehöre, daß neunhundert Menschen an seinem Munde hingen, ließ ihn über sich hinauswachsen. Er fühlte es bis in die Fingerspitzen: Kein Gott und kein Teufel konnten ihm diese Szene entreißen.

HAMLET: Ich will's.

(Der Wind pfiff um die Terrasse.)

Peterhans versicherte sich, daß er genau auf der Versenkung stand.
Dann begann er:

GEIST: Schon naht sich meine Stunde,
Wann ich den schweflichten, qualvollen Flammen
Mich übergeben muß.
HAMLET: Sprich'! Mir ist's Pflicht zu hören.
GEIST: Ich bin deines Vaters Geist:
Verdammt auf eine Zeitlang nachts zu wandern,
Und tags gebannt zu fasten in der Glut,
Bis die Verbrechen meiner Zeitlichkeit
Hinweggeläutert sind. Wär' mir's nicht untersagt,
Das Inn're meines Kerkers zu enthüllen,
So höb' ich eine Kunde an, von der
Das kleinste Wort die Seele dir zermalmte,
Dein junges Blut erstarrte, deine Augen

Wie Stern' aus ihren Kreisen schießen machte,
Dir die verworr'nen krausen Locken trennte,
Und sträubte jedes einzle Haar empor,
Wie Nadeln an dem zorn'gen Stacheltier:
Doch diese ew'ge Offenbarung faßt
Kein Ohr von Fleisch und Blut. – Horch, horch!
O horch!
Wenn du je deinen teuren Vater liebtest –

HAMLET: O Himmel!

GEIST: Räch' seinen schnöden unerhörten Mord!

HAMLET: Mord?

GEIST: Ja, schnöden Mord, wie er aufs beste ist,
Doch dieser unerhört und unnatürlich.

HAMLET: Eil', ihn zu melden, daß ich auf Schwingen, rasch
Wie Andacht und des Liebenden Gedanken,
Zur Rache stürmen mag.

GEIST: Nun, Hamlet, höre:
Es heißt, daß, weil ich schlief in meinem Garten,
Mich eine Schlange stach; so wird das Ohr des Reichs
Durch den erlognen Hergang meines Todes
Schmählich getäuscht, doch wisse, edler Jüngling,
Die Schlang', die deines Vaters Leben stach,
Trägt seine Krone jetzt.

HAMLET: Oh, mein prophetisches Gemüt! Mein Oheim?

Geist: Ja, der blutschänderische Ehebrecher,
Durch Witzes Zauber, durch Verrätergaben
(Oh, arger Witz und Gaben, die imstand,
So zu verführen, sind!) gewann den Willen
Der scheinbar tugendsamen Königin
Zu schnöder Lust. O Hamlet, welch ein Abfall!
Von mir, des Liebe von der Echtheit war,
Daß Hand in Hand sie mit dem Schwure ging,
Den ich bei der Vermählung tat. Erniedert
Zu einem Sünder, von Natur durchaus
Armselig gegen mich!
Allein wie Tugend nie sich reizen läßt,
Buhlt Unzucht auch um sie in Himmelsbildung;
So Lust, gepaart mit einem lichten Engel,
Wird dennoch eines Götterbettes satt
Und hascht nach Wegwurf.
Doch still! Mich dünkt, ich witt're Morgenluft:
Kurz laß' mich sein. – Da ich im Garten schlief,
Wie immer meine Sitte nachmittags,
Beschlich dein Oheim meine sich're Stunde,
Mit Saft verfluchten Bilsenkrauts im Fläschchen,
Und träufelt' in den Eingang meines Ohrs
Das schwärende Getränk; wovon die Wirkung
So mit des Menschen Blut in Feindschaft steht,
Daß es durch die natürlichen Kanäle
Des Körpers hurtig, wie Quecksilber, läuft;
Und wie ein saures Lab, in Milch getropft,
Mit plötzlicher Gewalt gerinnen macht
Das leichte, reine Blut. So tat es meinem;

Und Aussatz schuppte sich mir augenblicklich,
Wie einem Lazarus, mit ekler Rinde
Ganz um den glatten Leib.
So ward ich schlafend und durch Bruderhand
Um Leben, Krone, Weib mit eins gebracht,
In meiner Sünden Blüte hingerafft,
Ohne Nachtmahl, ungebeichtet, ohne Ölung;
Die Rechnung nicht geschlossen, ins Gericht
Mit aller Schuld auf meinem Haupt gesandt.
HAMLET: O schaudervoll! O schaudervoll! Höchst schaudervoll!
GEIST: Hast du Natur in dir, so leid' es nicht;
Laß Dänmarks königliches Bett kein Lager
Für Blutschand' und verruchte Wollust sein.

Und nun kam in die Stimme ein Hauch von jener Liebe, mit der er seine Königin geliebt haben mußte:

Doch, wie du immer diese Tat betreibst,
Befleck' dein Herz nicht; dein Gemüt ersinne
Nichts gegen deine Mutter; überlaß' sie
Dem Himmel und den Dornen, die im Busen
Ihr stechend wohnen. – Lebe wohl mit eins!
Der Glühwurm zeigt, daß sich die Frühe naht,
Und sein unwirksam Feu'r beginnt zu blassen.
Ade! Ade! Ade! Gedenke mein!

Und mit diesen Worten verschwindet der Geist in der Versenkung. Das heißt: er *sollte* verschwinden. Aber die Versenkung rührte sich nicht.

Peterhans schielte in die Kulisse, wo Schaper vor Aufregung Kniebeugen machte.

Peterhans, geistesgegenwärtig, wiederholte die letzten Worte, gesteigert, mahnender!

»Ade! Ade! Ade! Gedenke mein!«

Nichts geschah.

Schaper schlug mit dem Gonghammer, den er dem Inspizienten entrissen hatte, persönlich auf den Signalknopf zur Versenkung. –

Nichts. Nichts geschah!

Gerade als sich Peterhans anschicken wollte, die Abschiedsworte zum dritten Male zu sagen, sah er, wie Schaper die Hände trichterförmig an den Mund legte. Und dann hörte er ihn flüstern – und wenn Schaper flüsterte, hörte man es bis auf die Galerie –, er hörte ihn flüstern:

»Gehen Sie doch ab, Sie Armleuchter!«

Daran hatte nun Peterhans auch gerade gedacht. Er hatte schon einen Fuß von der Versenkung, als diese sich plötzlich ihrer Aufgabe erinnerte und versank ... Peterhans, mit einem Bein auf fester Bühne, mit dem anderen auf der sinkenden Versenkung, verlor das Gleichgewicht und stürzte dem schwindenden Boden nach. Die blecherne

Rüstung machte einen Spektakel, als ob eine Konservenbüchsenfabrik explodierte.

Peterhans klammerte sich, der Länge nach auf dem sinkenden Brett liegend, mit Kräften, die ihm die Verzweiflung gab, an den Rändern an, bis das Brett zehn Meter tiefer zum Stehen kam. Und er muß ein ganzes Heer von Schutzengeln gehabt haben!

Eine Ohnmacht war alles, was Peterhans davontrug. Als er aus ihr erwachte, lag er in der Garderobe. Man hatte ihn schon aus der Rüstung gepellt. Arbeiter, Kollegen, Schaper und der Theaterarzt standen an seinem Lager.

Unter denen, die sich an seiner Garderobentür drängten, bemerkte er ein Händchen, das sich hervorhob und mit den Fingern grüßende Bewegungen machte. Es gehörte zu Lämmchen.

Als Peterhans Schaper erkannte, der sich über ihn beugte, fragte er: »Wie war ich, Herr Direktor?«

Da wandte sich Schaper an die Umstehenden: »Nun laßt uns mal allein!« Und als sie allein waren, fuhr er fort: »Wie fanden Sie sich?«

»Ich wage es nun kaum mehr zu sagen. Ich fand mich gut.«

»Sie waren sogar sehr gut. Aber lange nicht so gut wie auf der Generalprobe. Wie fanden Sie sich auf der Generalprobe?«

»Auch ganz gut. Aber lange nicht so in Stimmung.«

»Das dachte ich mir. Und nun hören Sie zu: *In-Stimmung-Sein* ist das Gefährlichste, was einem Künstler passieren kann. Dann gibt er sich der Stimmung hin und läßt das Kontroll-Lämpchen ganz oben in seinem Hirn erlöschen. Er badet sich in seiner Stimmung. So angenehm das für ihn sein mag, so wenig wirksam ist es für das Publikum. Nicht der Schauspieler soll schwitzen, sondern er soll den Zuschauer schwitzen und frieren machen. Kainz hat gesagt: *Nur, wenn ich innerlich eiskalt bin, kann ich mit dem Publikum machen, was ich will.* Auf demselben Standpunkt steht Bassermann. Er ist nur beim Rollenstudium in Stimmung. Dabei belauscht er sich. Gelungene Momente, Schreie, Ausbrüche merkt sich sein Gehirn mit photographischer Treue. Er übt sie, bis sie ihm jederzeit zur Verfügung stehen und er nicht auf Stimmung zu warten braucht. Am Abend ist er eiskalt, das Kontroll-Lämpchen ist hellwach, nur das Publikum ist betäubt. – Und so soll es sein!«

»Ich war also schlecht?«

»Sie waren ausgezeichnet. Sie werden sehr gute Kritiken bekommen. Die Herren haben Sie ja nicht auf der Generalprobe gesehen und wissen nicht, wie gut Sie hätten sein *können*. Ich habe ja schon heute morgen befürchtet, daß Sie es nicht wieder so treffen würden. Das kann Ihnen niemand übelnehmen. Dazu haben Sie noch zuwenig Übung und Erfahrung.«

»Ist zuviel Routine nicht gefährlich?«

»Nicht so gefährlich wie zuwenig. Jeder große Künstler ist auch ein großer Könner. Aber es nützt ihm nichts, wenn er die Regeln nur *kennt.* Er muß sie beherrschen!

Von Kennen kommt Können,
von Können kommt Kunst,
doch ohne das Können
ist Kenntnis umsunst

heißt ein alter Spruch.« Und nun machte Schaper ihm vor, wie etwas klingt, wenn es nur empfunden ist, und wie es klingt, wenn es gekonnt ist.

Und Peterhans lauschte ihm atemlos.

»Es wird jetzt eine sehr grausame Zeit für Sie kommen. Sie werden verzweifeln, daß Sie infolge Ihrer noch mangelnden Sprechtechnik nicht ausdrücken können, was Sie empfinden, zumindest nicht so, wie Ihre künstlerische Phantasie es hören möchte. Sie werden darunter leiden bis zum Weinen. – Ich hoffe, ich habe Sie nicht entmutigt?«

»Nicht im geringsten, Herr Direktor.«

»Ich würde selber mit Ihnen arbeiten, aber ich habe ja keine Zeit. Ich werde Ihren Kollegen Fritz Petzold auf Sie hetzen. Seines Zeichens jugendlicher Komiker. Er hat zwar kein Organ, aber eine Stimme, die so sitzt, daß kein Orchester sie zudekken kann. Er weiß, wie man spricht!«

»Ich weiß nicht, wie ich Ihnen danken soll, Herr Direktor.«

»Indem Sie nicht verzweifeln. Ich habe Ihnen all das erzählt, damit Sie wissen, was Ihnen bevorsteht. Um Ihre Opposition wachzurufen.«

»Das ist Ihnen gelungen, Herr Direktor.«

»Sie werden arbeiten wie ein Besessener?«

»Das verspreche ich Ihnen.«

»Und jetzt muß ich mal nach der Vorstellung sehen.«

»Noch eins, lieber Herr Direktor: Wurde sehr gelacht, als ich explodierte?«

»Es wurde *gar nicht* gelacht. – Und jetzt werde ich Sie nach Hause bringen lassen. Die stumme Szene im Zimmer der Königin kann ein anderer für Sie spielen.«

»Darf ich hier liegenbleiben bis zum Ende der Vorstellung? Ich möchte jetzt nicht allein zu Hause sein.«

»Meinetwegen. Ich werde immer mal nach Ihnen sehen.«

Als Schaper gegangen war, stürzten Peterhans die Tränen aus den Augen. Zum ersten Male erhob der Zweifel am eigenen Talent sein ekles Haupt.

Kapitel der Miesitäten

Es kam alles, wie Schaper prophezeit hatte.

Die gesamte Presse der Stadt – zwei Zeitungen – war des Lobes voll über die Aufführung. Peterhans wurde besonders gut behandelt. Am meisten anerkannt wurde der geniale Regie-Einfall Schapers: Wie der Geist nur unwillig die geliebte Erde verließ, wie er zögerte, sich den schweflichten, qualvollen Flammen zu übergeben, bis ihn schließlich der Orkus gewaltsam in die Tiefe riß. Wie prachtvoll war das!

Auch im übrigen behielt Schaper recht. Das Martyrium, das nun für Peterhans anhob, ist für einen Laien nur schwer verständlich. Als Chargenspieler, der heute einen Jüngling, morgen einen Mann, übermorgen einen Greis oder einen Deppen zu spielen hat, konnte er fast nie seine normale Sprechlage gebrauchen, sondern hatte seine Stimme zu verstellen, zu quetschen und auf alle mögliche Weise zu vergewaltigen. Sein Kollege Fritz Petzold, der sich rührende Mühe mit ihm gab, konnte dagegen nicht an, wenn er ihm auch viel Wichtiges beibrachte, um ihn wenigstens über Wasser zu halten.

An Fleiß fehlte es Peterhans wahrlich nicht. Aber was nützte es, wenn ihn seine Wirtin mehrere Male ohnmächtig auf dem Teppich fand – nur bildlich gesprochen, in Peterhans' Bude gab es keinen Teppich –, wo er infolge übertriebener Atemübungen zusammengebrochen war? Nichts nützte es ihm. Aber es schadete ihm enorm. Was nützten die vortrefflichen Sprechübungen des »Kleinen Hay«, wenn man sie falsch übte? Was nützten gutgemeinte Ratschläge der Sängerkollegen? Sie machten ihn vollends konfus. Und der Heldenvater, der einzige, der Privatunterricht gab, konnte selber nicht sprechen.

So stand Peterhans allein in seiner Not.

Das berüchtigte rauhe Rostocker Klima machte die Sache auch nicht besser. Es stürzte sich auf die immer gereizten Stimmbänder im Laufe des fortschreitenden Herbstes mit immer gesteigerter Wucht. Peterhans' ganzes Denken wurde von der Frage beherrscht: Wie schwindle ich mich heute abend durch?

Wie oft mußte er jetzt an den Ausspruch des Halsarztes Doktor Curt Friedmann denken, der, nachdem er ihm in den Rachen geleuchtet hatte, ausrief: »Wie Sie mit dem verbauten Hals überhaupt Töne erzeugen können, ist mir schleierhaft!«

Noch heute ist es auch Peterhans schleierhaft, wie er diesen ersten Winter hat durchstehen können. Ohne die drei Opernvorstellungen in der Woche, die ihm Ruhe gönnten, wäre es wohl nicht möglich gewesen.

Das Publikum hat von dem allen nichts bemerkt. Und der Leser sollte sich auch nicht damit beschweren. Es ist nur der historischen Treue wegen hierhergesetzt. Und um den angehenden Schauspieler zu warnen, was ihm bevorsteht, wenn er ohne genügende Ausbildung zur Bühne geht. Keine Begeisterung kann sie ersetzen.

Der Chronist ist froh, dieses Kapitel der Miesitäten hinter sich zu haben. Sie haben Allgemeingültigkeit für alle folgenden Kapitel, so daß der Chronist, der von Natur aus faul ist, sie nicht jedesmal zu erwähnen braucht.

Auch erzählt er lieber Heiteres.

Eben.

Da ist zum Beispiel die lustige Geschichte von der traurigen Wirtin.

Die lustige Geschichte von der traurigen Wirtin

Die lustige Geschichte von der traurigen Wirtin war die Ursache, der Kern, der Ursprung, die Urzelle der nervösen Reizbarkeit – im Theaterjargon »Lachverhältnis« –, die sich zwischen Peterhans und seinem Kollegen Willi Brütjam, seines Zeichens jugendlicher Bonvivant, herauskristallisiert hatte.

Peterhans war auf Wohnungssuche gegangen, weil er sich letzte Nacht beim Hochfahren aus einem schweren Traum den Schädel an der abgeschrägten Decke seiner Dachkammer angehauen hatte und weil er es müde war, beim Fallen aus dem Bett in der Petroleumlampe zu landen, die auf dem Fußboden stehen mußte, um den Plafond nicht zu entzünden. Er suchte eine »höhere« Bude. Und Brütjam half ihm dabei.

Als sie etwas Passendes gefunden zu haben glaubten, äußerte sich Frau Lunow, die Wirtin, dahin gehend, sie vermiete eigentlich nicht »unters Theater«, aber mit Peterhans wolle sie eine Ausnahme machen, weil er einen so ans-tändigen Eindruck mache, nich? Und weil er so'n ulkigen Schaus-pieler wäre. Sie und Fiekchen wären gestern im Theater gewesen und hätten ihn sehr bewundert. »Wer ist Fiekchen?« wollte Brütjam wissen.

»Meine Tochter. Ich hatte zwei, nich? Die andere ist mir fortges-torben. Aus Herzeleid ... wegen eines Herrn vom Theater.«

»Aha«, meinte Brütjam, »daher die Aversion!«

»Eine Aversion hat sie gar nicht erst versucht, die dumme Deern. Es trifft immer die Unschuldigsten!«

»Und nun wollen Sie es doch noch einmal versuchen?«

»Nun ist es ja zu s-pät, nich?«

»Ich meine: unters Theater zu vermieten?«

»Es bleibt mir ja nichts anderes übrig. Ich brauche das Geld. Seit mein Sohn nichts mehr beis-teuert – er war Schildermaler, wissen Sie, und vor sechs Wochen bei dem Neubau von Schöllermann, da hat er doch das große neue Firmenschild gemalt, und nach Fertigs-tellung des ersten Buchs-taben is er gewohnheitsmäßig einen Schritt zurückgetreten, um sein Werk zu beurteilen, ohne daran zu denken, daß er außen am sechsten S-tock auf einem schmalen Brett s-tand ... und ...«

Sie schluchzte.

»Schrecklich«, sagte Brütjam. Und seine Stimme zitterte.

»Tot?« fragte Peterhans, um auch etwas zur Unterhaltung beizutragen.

»Das dürfen Sie wohl sagen«, meinte Frau Lunow. »Ein Unglück kommt nie allein«, fuhr Frau Lunow fort, »und seit mein Mann nich mehr da is ...«

»Wo ist er denn hingefahren?« wollte Brütjam wissen.

»Er hatte es doch mit den Därmen, nich? Die Ärzte hatten ihn schon aufgegeben, da sagte er eines Tages zu mir: Mutter, sagte er eines Tages, wenn ich jetzt einen Teller Erbsensuppe mit S-peck haben könnte, dann würde ich gesund! Ich versuchte ihm den Unsinn auszureden, aber er bes-tand darauf. Er sagte, die Ärzte redeten alle einen dummen S-nack und vers-tünden einen

Dreck, aber er fühlte es, wenn er jetzt einen Teller Löffelerbsen mit so'n richtigen S-tück S-peck haben könnte, dann wäre er morgen gesund, das *fühlte* er! – Na, schließlich habe ich mit dem Arzt telephoniert, und der hat gesagt: Na, da geben Sie's ihm doch! – Und da hab' ich es ihm gegeben.«

»Und er ist gesund geworden?«

»Keine S-pur. Eine halbe S-tunde drauf war er tot.«

Hier empfahlen sich die Herren. Sie setzten sich im Flur auf die Treppe, um sich auszulachen.

Welche Roheit!

Sie fanden eine andere Bude, die weniger tragikumwittert war.

Von da her stammte ihre Allergie gegen traurige Geschichten.

Da war zum Beispiel noch die Geschichte von dem rollenden Hütchen.

Die Geschichte von dem rollenden Hütchen

Es gibt wohl kaum einen komischeren Anblick als eine Komödiantengruppe am Grabe eines frisch verewigten Kollegen. In der Zeit, von der wir sprechen, war es noch strenge Etikette, ganz in

Schwarz zu erscheinen. Die Herren im Zylinder. Auch »Angströhre« genannt. Und da keiner der Herren über eine eigene verfügte, wurden sie aus dem Fundus des Theaters entliehen, gleichgültig, welche Epoche sie repräsentierten und ob sie saßen oder nicht. Peterhans hatte eine erwischt, die trotz starker Korkeinlage viel zu groß für ihn war und die nur durch Peterhans' abstehende Ohren am Rutschen über die Augen verhindert wurde.

Peterhans traute sich kaum, die Augen zu erheben, um nicht Brütjam ansehen zu müssen, der ihm gegenüber am anderen Rande des Grabes stand und mit einem schwarz verkleideten, ursprünglich grauen Biedermeier-Zylinder geschmückt war. Auch er vermied es, Peterhans anzusehen.

Es handelte sich um das Begräbnis der komischen Alten, Fräulein Malwine Wollbezirk, die bei Lebzeiten, außer aus sich selber, noch aus ihrer »kleinen Schwester« Riekchen bestanden hatte, denn man hatte sie nie ohne diese gesehen. Obwohl sie keine Zwillinge waren – Riekchen, die kleine Schwester, war ein Jahr jünger als die Verstorbene, die es auf sechsundsiebzig Lenze gebracht hatte –, waren sie einander so ähnlich gewesen, daß man sie nur durch ein »Kompotthütchen« – seinen Namen verdankte es dem schon undefinierbar gewordenen bißchen Obst, welches auf der kleinen Strohkrempe lag – zu unterscheiden vermochte, das Malwinchen zu tragen pflegte und von dem Riekchen immer behauptet hatte, daß es *ihr* gehöre. Dieses schwarze Hütchen soll der einzige Streitapfel gewesen sein zwischen den beiden jungen Dingern.

Nun hatte Riekchen es also geerbt, und sie konnte es sich nicht verkneifen, diese Kostbarkeit, die wie ein Zündhütchen auf ihrem Haardutt saß, beim Begräbnis der Schwester zu tragen.

Der Pastor hatte geendet und die Leidtragenden aufgefordert, jetzt noch eine Minute im stillen Gebet der Entschlafenen zu gedenken.

Alle Köpfe senkten sich.

Auch Riekchens Kopf.

Da erfaßte ein Windstoß das Kompotthütchen. Es fiel zu Boden, und teils hüpfend, teils segelnd machte es einen ehrfürchtigen Bogen um den Pastor und die trauernde Gemeinde, stellte sich auf seine kleine Krempe und rollte in einer eleganten Kurve auf das offene Grab zu.

Heiliger Himmel! Es wird doch nicht ...?

Nein! Gott sei Dank. Einen Meter vor der offenen Gruft kam es zur Ruhe.

Alles atmete auf.

Da ... folgte noch ein ganz kleiner, verspäteter Nebenwindstoß. Das Hütchen stellte sich wieder auf seine Krempe, legte den noch fehlenden Meter ohne weiteren Zwischenfall zurück und fiel hörbar auf den Sarg.

Alle Taschentücher hoben sich vor die Augen.

Als Peterhans zu Brütjam zu schielen versuchte, war dieser verschwunden. Gott sei Dank!

Die trauernde Gemeinde löste sich überraschend schnell auf.

Malwinchen hatte ihr Hütchen zurück.

Der Chronist weiß, es wäre nun hohe Zeit, vom Anekdotischen zum Wesentlichen zurückzukehren. Nur die Geschichte von den geduldigen Briefen, lieber Leser, laß den Chronisten noch loswerden. Erstens, weil sie in den Komplex des »Lachverhältnisses« der beiden Freunde gehört, und zweitens, weil es doch so erlösend ist, unwesentlich zu sein.

Die Geschichte von den geduldigen Briefen

Es war auf einer unwesentlichen Probe eines unwesentlichen Stückes – nein, so unwesentlich wie das Stück war die Probe nicht. Es war die Generalprobe.

Brütjam und Peterhans hatten einen Dialog zu führen, der viel Trauriges beinhaltete. Auf dem Tiefpunkte dieser Stimmung wurde die Szene durch den Auftritt eines würdevollen Dieners unterbrochen, der zu melden hatte:

»Draußen steht ein Bote mit Briefen und wartet.«

Der Darsteller dieser Rolle war erkrankt, und an seiner Statt hatte Theaterdiener Grünwald einspringen müssen – das Stück war sehr personenreich –, der, wie wir wissen, über das *dramatische R* verfügte. Die Meldung klang bei ihm so:

»Drrrrraußen steht ein Bote mit Brrrrriefen und warrrrrtet.«

Das war der Moment, bei dem Brütjam, wie bisher auf jeder Probe, herausplatzte.

Da erscholl eine Stimme aus dem Dunkel des Zuschauerraumes:

»Herr Brütjam, wir probieren jetzt den Akt so oft von vorne, bis Sie sich an das *dramatische R* des Herrn Grünwald gewöhnt haben! Akt von vorne! Vorhang runter!«

Es war Schapers Stimme.

Brütjam stürzte auf Peterhans zu: »Du mußt mich ja auch nicht immer ansehen bei der Stelle!«

»Ich habe dich gar nicht angesehen!«

»Doch! Du hast!«

»Das hättest du ja gar nicht sehen können, da du mir bei dieser Stelle den Rücken zukehrst.«

»Ich habe es *gespürt,* wie du mir von hinten ins Genick schielst! Das habe ich *gespürt*!«

»Ich werde dir nicht mehr von hinten ins Genick schielen!«

Der Lappen ging wieder in die Höhe, und der Akt begann von vorne.

Je näher die ominöse Stelle kam, desto nervöser wurde unser Brütjam.

Kurz vor dem Auftritt drehte er sich jäh von Peterhans weg, ging ans Fenster und schaute hinaus. An der geballten Faust konnte man sehen, wie sehr er sich bemühte, sich in der Gewalt zu behalten.

Grünwald erschien:

»Drrrrraußen steht ein Bote mit Brrrrriefen und warrrrrtet.«

Und Brütjam lachte nicht!

Nach Beendigung des Aktes umarmte Brütjam seinen Freund Peterhans.

»Jetzt habe ich es überwunden! Für heute abend brauchst du gar keine Angst zu haben!«

»Fein!«

Abends, vor Beginn der Vorstellung, als Peterhans durchs Vorhangsloch guckte, fühlte er eine Hand auf seiner Schulter.

Es war Brütjam.

»Ich wollte dir nur noch einmal sagen, daß du keine Angst zu haben brauchst, daß ich lache! Wenn ich einmal so eine Stelle überwunden habe ...«

Das erste Gongzeichen ertönte.

Die beiden nahmen ihre Plätze ein.

Zweites Zeichen.

Der Vorhang hob sich.

Die Premiere war im Gange.

Alles kam wie auf der Probe. Und Brütjam war seiner Sache sicher. Vor Grünwalds Auftritt wandte er sich wie vorgesehen von Peterhans ab, ging zum Fenster und sah hinaus. Die Faust war geballt, und Peterhans hatte ein gutes Gefühl.

Das Stichwort fiel, und Grünwald trat auf. Sich leicht verbeugend, sagte er vornehm:

»Drrrrraußen stehen Brrrrriefe und warrrrrten.«

Brütjam drehte sich langsam zu Peterhans, und die beiden Freunde sahen sich an, ob sie sich auch nicht verhört hätten! Einer las es aus dem Gesicht des andern, daß sie sich *nicht* verhört hatten. Und sie stellten sich vor, wie die Briefe da draußen standen und warteten!

Durch den Zuschauerraum ging ein verdächtiges Rauschen.

Peterhans versuchte die Situation zu retten:

»Sie mögen sich noch einen Augenblick gedulden und Platz nehmen«, sagte Peterhans sehr höflich zu Diener Grünwald.

Das Publikum brüllte los.

Peterhans prustete.

Schaper, sich das Taschentuch vors Gesicht haltend, drohte mit geballter Faust aus der Direktionsloge.

Brütjam deutete auf Schaper, platzte heraus und fiel in einen Schaukelstuhl, daß er beinahe hintenübergekippt wäre.

Der Vorhang mußte fallen.

Der erste Lorbeerkranz

In die Rostocker Gesellschaft hatte sich Peterhans inzwischen auch hineingespielt, eine Aufgabe, die denen des weiland Herkules in nichts nachstand. Aber *wem* es gelang, der hatte es gut. Wen die Rostocker einmal in ihr derbes waterkantiges Herz geschlossen hatten, den ließen sie nicht wieder raus.

Zwei Familien waren es besonders, die sich um seine Seele und nicht minder um seine Person stritten.

Da war das Haus des Kaufmanns Rudolf Dankwardt, Zucker en gros, an dessen Tafel Peterhans fast täglich Gast war. Der herzensgute Rudolf sah aus wie ein Gartenzwerg, in dessen Glatze man Zahnstocher als Haare gesteckt hatte. Rötliche Zahnstocher. Auch das immer freundliche Gesicht war rötlich. Ob von Gesundheit oder von zu hohem Blutdruck, ließ sich nicht so ohne weiteres erkennen. Von einem unerschütterlichen Optimismus beseelt, konnte ihm nichts in der Welt etwas anhaben, und er bemühte sich, seinen Mitmenschen von diesem Optimismus etwas abzugeben. Es gab keinen melancholischen Straßenkehrer, mit dem er nicht ein paar freundliche, aufmunternde Worte gewechselt hätte. Zwischen ihm und Peterhans entstand eine echte Freundschaft.

Die andere Familie, in der Peterhans verkehrte, war die des Originals Peter Erichson – genannt Peter E. –, Inhaber der Hinstorff'schen Buchdrukkerei und Verlagsanstalt, der später Peterhans' erster Verleger wurde.

Ein Hüne von Gestalt, strotzend von Gesundheit, stand er seinem musterhaften Betrieb als ein weiser, aber unerbittlicher Chef vor. Er hatte sich aus kleinsten Anfängen emporgearbeitet. Und er erzählte das gern.

Auch hatte er ein entzückendes Töchterchen, das Ingeborg hieß.

Ein größerer Gegensatz als er und Dankwardt ließ sich kaum denken. Wenn man die beiden nebeneinandergestellt hätte – aber das konnte man nicht, weil sie auf Peterhans eifersüchtig waren und sich haßten –, so hätte Dankwardt dem Erichson bis zur Gesäßtasche gereicht.

Erichson hörte sich gerne sprechen, was Dankwardt nicht ausstehen konnte, Dankwardt hörte sich gerne singen, was Erichson zur Verzweiflung brachte, und das, obwohl Peter E. gut sprach und Dankwardt gut sang.

Peter E. machte seiner Leidenschaft in Versammlungen und am Stammtisch Luft, wo er ausgiebig und mit dem Brustton der Übertreibung redete, ohne immer verstanden zu werden. Dankwardt hatte sich etwas anderes ausgedacht, seiner

Sangesfreudigkeit zu frönen. Er arrangierte Vortragsabende in den benachbarten kleinen Orten, namentlich in den Ostseebädern Heiligendamm, Brunshaupten, Arendsee und Doberan. Sie wurden bestritten von Peterhans, der unter anderem das ›Hexenlied‹ von Wildenbruch von sich zu geben hatte, mit der begleitenden Musik von Schillings und dem begleitenden Kurt Schröder, zweiter Kapellmeister vom Stadttheater in Rostock, am Flügel. Ferner wirkten noch eine Sopranistin mit und Fritz Petzold, der für den heiteren Teil sorgte. Und dazwischen kam die »liebenswürdige Mitwirkung des Herrn Rudolf Dankwardt«, der die ›Gralserzählung‹ sang.

Rudolf im Frack war eine besonders dankenswerte Erscheinung. Von unten angefangen waren da zwei schwarze Schnürschuhe, die meistens mit den Hacken auf den Frackschößen standen, dann kamen zwei Beine, die aber sofort wieder aufhörten, um einem Bäuchlein Platz zu machen, auf dem ein Brustkorb saß, dem ohne Hals der Kopf mit den Zahnstochern folgte.

Sein Auftreten erregte jedesmal leise Heiterkeit, die ihn aber durchaus nicht störte, sondern mit einem freundlichen Grinsen seinerseits quittiert wurde. Und dann machte er den Mund auf und sang mit seinem strahlenden Tenor alles in Grund und Boden.

Der Beifall war jedesmal orkanartig. So befriedigte er seinen Ehrgeiz. Unter die Mitwirkenden verteilte er nach Abzug der Unkosten die Einnahmen, die, wenn nicht gerade ein Kegelabend, eine Feuerwehrfestlichkeit oder ein Herrenabend des katholischen Jungfrauenvereins im Örtchen waren, ganz nett sein konnten, besonders bei Regen, der ein Nachtstrandkorbleben unmöglich machte.

Der Versuch, Peter E. zu bewegen, doch einmal so einem Vortragsabend beizuwohnen, um sich von Dankwardts Können zu überzeugen, war, ehe er unternommen wurde, zum Scheitern verurteilt.

Es bedurfte vielen Taktes von Peterhans, um zwischen der beiden Eifersüchteleien die Grenze zu halten. Diese Eifersüchteleien hatten aber auch ihr Gutes. Als einmal Peterhans in einer Geldklemme war, erteilte ihm Dankwardt, der krankhaft sparsam war – er nannte es »kaufmännisch« –, wirklich ausgezeichnete Lehren, wie man solchen Kalamitäten vorbeugen könne, während Peter E. ihm sofort hundert Mark pumpte. Das wurmte Dankwardt, und er sann darauf, diesen Vorsprung Erichsons aufzuholen. Er fragte Peterhans, wann er eine größere Rolle habe. Und siehe da, ein paar Tage später bekam Peterhans, nach der Rolle des Wehrhahn im ›Biberpelz‹, seinen ersten Lorbeerkranz feierlich überreicht. Er war ein bißchen dürftig, die Schleife war arg schmal – »Dein Freund Rudolf« stand darauf –, aber Peterhans freute sich sehr. Stolz hängte er die Trophäe zu Hause über sein Bett.

Am nächsten Morgen um fünf Uhr wurde Peterhans geweckt. Ein Gärtnerjunge in grüner Schürze stand an seinem Bett:

»Ich soll ihn abholen.«

»Wen?« fragte Peterhans.

»Die beiden Hühner waren doch krank.«

»Welche Hühner?«

»Die Herr Dankwardt meinem Meister für den Kranz eingetauscht hat. Sie sind noch gestern abend ges-torben. Guten Morgen.«

Und draußen war er, mit dem Kranz am Arme.

Peterhans sagte zu niemand ein Wort.

Aber Peter E. hatte irgendwie Wind von der Sache bekommen und kaufte den Kranz zurück. Mit einer neuen Schleife: »Dein Freund Peter E.« wurde er Peterhans überreicht.

Noch ein drittes Mal trat der Kranz in Erscheinung. Beim nächsten Vortragsabend wurde er Dankwardt überreicht. Mit einer neuen Schleife: »Dem Gralsritter vom Ostseestrand! Die dankbaren Küstenbewohner«

Dankwardts Freude über seinen ersten Lorbeerkranz war unbeschreiblich.

Mord in der Kleinstadt

Da saßen sie wieder einmal alle beisammen in Gecellis Weinkeller, die Schauspieler, die heute abend frei hatten und sich darauf freuten, in zwei Stunden der Oper ›Hoffmanns Erzählungen‹ von der Künstlerloge aus beizuwohnen.

Erstens war es schön, die Oper zu genießen, zweitens war es schön, in der Künstlerloge zu sitzen und die Profile den Operngläsern des Publikums preiszugeben und sich bewundern zu lassen, ohne etwas dafür tun zu müssen.

Da saßen sie also um den großen runden Ecktisch! Da war der Erste Held Arthur Armand mit einem Organ wie eine Orgel, da war der jugendliche Held Hans Eisolt, der früher noch jugendlicher gewesen sein soll, der Charakterspieler Schmalz, ein Komödiant vom alten Schrot und Korn, der Komiker Uhlich, bei dem es nichts zu lachen gab, da waren Brütjam und Peterhans und Fritze Petzold, die wir schon kennen, und von der Oper war ein lyrischer Tenor da, Doktor Gampl, der immer in Gummischuhen ging, seine Stimme verloren hatte und sie nicht wiederfinden konnte, so leise er auch auftrat. Der Arme war nur noch in kleinsten Rollen zu beschäftigen. Heute abend war er so frei, sich den ›Hoffmann‹ anzuhören, den er früher selber gesungen hatte.

O Gott, wie war es gemütlich! Das gotische Kellergewölbe mit den Fässern, der schwere Duft des Weines, das flackernde Licht der offenen Kerzen, das knisternde Feuer im Kamin! O Augenblick, verweile doch, du bist so schön!

Dazu im Zimmer über ihnen die herrliche Stimme der Bartels, die noch einmal – pianissimo – die Passagen ihrer Partie für den Abend durchging. Als Primadonna konnte sie es sich leisten, bei Gecelli zu wohnen.

Der Sturm brauste um das Haus. Der Regen klatschte gegen die Butzenscheiben. Es war so recht die Stimmung für Gespenstergeschichten. Und so kam denn das Gespräch auch auf den Fluch, der im Bühnenaberglauben auf der Oper ›Hoffmanns Erzählungen‹ seit dem Brande des Ringtheaters in Wien, bei dem Hunderte ums Leben kamen, lag.

Manche hatten eine persönliche Erfahrung beizusteuern.

So ließ sich Armand vernehmen:

»Als mein Vater mich zum ersten Male mit in diese Oper nahm, war ich noch ein Junge. Ihr könnt euch denken, daß mir das Gruseln nur so den Buckel heruntergelaufen ist. Nach einem Abgang des unheimlichen Doktor Mirakel gab es Szenenapplaus. Er kam aber nicht, um sich zu verneigen. Obwohl das Publikum tobte, blieb die Bühne leer. Eine ganze Weile. Der nächste Auftritt kam auch nicht. Die Bühne blieb ganz einfach leer. Eine ganze Weile. Und dann senkte sich langsam der Vorhang. Erst zögernd. Dann schneller. Und mit einem Bums war er unten. Und er bauschte sich noch ein bißchen. Der Kapellmeister starrte ratlos auf die Bühne. Respektive auf den gefallenen Vorhang. – Dann trat ein Herr seitlich aus dem Proszenium: Der Theaterarzt möge sich sogleich in die Garderobe des Baritons bemühen. – Aber der Theaterarzt konnte nicht kommen. Er saß zwar auf seinem Platz im Parkett, aber er war tot. – Er hätte dem Bariton auch nicht mehr helfen können, der inzwischen am Herzschlag verschieden war. – Zwei Tote! Als man das Publikum davon unterrichtete, trat eine Totenstille ein. In diese Totenstille hinein rasselte der Eiserne. Es dauerte eine ganze Weile, bis die Leute sich erhoben, um nach Hause zu gehen.«

Armand leerte sein Glas.

Stille lag über der Tafelrunde.

»Ich könnte euch auch eine Geschichte erzählen«, räusperte sich der Lyrische, und er sprach so leise, als müsse er die Stimme schonen, die er nicht mehr hatte.

»Los! – Fang an! – Aber lauter!«

»Es ist die Geschichte, wie ich meine Stimme verlor. – Ich hatte den Hoffmann gesungen. Ohne irgendeinen Zwischenfall war die Oper zu Ende gegangen, und wir saßen schon alle in unserer

Künstlerkneipe. Da vermißte ich meine Krawattennadel. Es fiel mir ein, daß ich sie für mein Kostüm gebraucht hatte, als beim schnellen Umzug ein Knopf abgeplatzt war. Ich ging zurück ins Theater. In der Garderobe konnte ich die Nadel nicht finden, am Kostüm steckte sie nicht. So ging ich mit meiner Taschenlampe auf die dunkle Bühne. – Wart ihr jemals nachts auf einer verlassenen Bühne? Es wispert und raunt, es flüstert und knistert, es knackt und spukt, als würden alle die Schauergestalten lebendig, die über diese Bretter gegeistert sind. Ganz nüchtern war ich auch nicht mehr. Ich stolperte über Kabel. Wie riesige Fledermäuse huschten die Schatten der Versatzstücke über Bühne und Horizont und wuchsen bis in den Schnürboden. Bei meinem Suchen in Fugen und Ritzen fiel der Lichtkegel meiner Taschenlampe mit einem Male in den Souffleurkasten. Ich stieß einen Schrei aus, von dem meine Stimme sich nie mehr erholt hat! Dort ... im Souffleurkasten ... saß der Tod ... und soufflierte! Er saß etwas vorgebeugt, die eine Knochenhand am offenen Mund, und ich glaubte ihn wispern zu hören. – Zu spät merkte ich, daß er in den Knochenfingern seiner Linken ein Würstchen hielt und daß eine Maß Bier vor ihm stand. – Es war ein Scherz der Kollegen für die morgige Probe. – Aber mich hat es meine Stimme gekostet.«

»Das ist ja fürchterlich.«

»Es ist noch nicht zu Ende. – Da ich stockheiser war – damals wußte ich noch nicht, daß es für immer sein würde –, sollte für die nächste Wiederholung der Oper, die sechs Tage später angesetzt war, unser zweiter Lyrischer für mich einspringen. Der Unglückliche hatte die Partie in sein Repertoire geschrieben, ohne studiert zu sein. Das durfte ›der Alte‹ nicht erfahren. Der Korrepetitor und ich arbeiteten Tag und Nacht mit ihm. Es schien auch alles ganz gut zu gehen. Da kriegte er zwei Stunden vor der Aufführung ein solches Lampenfieber, daß er sich erbrach, das heulende Elend bekam, sich ins Bett legte und sich weigerte aufzustehen. Mit Gewalt zogen wir den mit Armen und Beinen um sich Schlagenden an, schleiften ihn in eine Droschke, schminkten und kostümierten ihn in der Garderobe, schoben ihn auf die Bühne, und aufs Stichwort stupsten wir ihn auf die Szene. – Und er sang wie ein Gott! – Das Publikum raste! Er war wie in einem Traum. Als nach Schluß ein berühmter Agent in seine Garderobe kam und ihm einen Vertrag an die Berliner Oper anbot, lachte und weinte er vor Glück. Er lachte noch, als wir schon in der Künstlerkneipe saßen und seinen Triumph begossen. Er lachte noch, als wir ihn nach Hause brachten. Als er am nächsten Mittag immer noch lachte, mußten wir ihn in eine geschlossene Anstalt bringen. Dort ist er noch heute. Und wenn ihr ihn besucht, so kommt er euch lachend entgegen, breitet die Arme aus und singt mit seinem strahlenden Tenor (er singt): ›Meine erste Liebe hieß Olympia!‹«

Da geschah etwas Seltsames: Die Kollegen beugten sich ruckartig vor und sahen sich an. Einige waren aufgesprungen. Aller Blicke richteten sich auf den Lyrischen, der seinerseits die Kollegen anstarrte. Er war leichenblaß. Seine Stimme hatte wie eine Fanfare durch das Gewölbe gehallt. Keine Spur von Heiserkeit ...

Er führte das Taschentuch zum Munde, nahm Hut und Mantel und verließ das Lokal ...

»Der geht jetzt nach Hause und übt!«

»Wäre das nicht ein nettes Wunder, wenn er, der durch ›Hoffmanns Erzählungen‹ seine Stimme verlor, sie jetzt durch ›Hoffmanns Erzählungen‹ wiedergefunden hätte ...?«

»Gott gebe es! Der gute Kerl! ... Vielleicht war es nur eine Hemmung, eine Nervensache, die nun behoben ist? ... Laßt uns auf diese Hoffnung trinken! Prosit!«

Alle Kollegen waren aufgestanden. Stumm wurden die Gläser bis zur Neige geleert. Man setzte sich wieder. Aber die Konversation wollte nicht mehr recht in Gang kommen.

Dann war es ganz still geworden in der Runde. Die zitternde Luft über den flackernden Kerzen machte seltsame Figuren aus dem Tabaksqualm. Die Stimme der Bartels hing wie aus weiter Ferne in der Luft.

Da traf plötzlich ein eisiger Windstoß die Kerzen, daß sie fast verlöschten. Die Kellertür war geöffnet worden. In ihrem drückenden Bogen stand eine Frau, die aus ›Hoffmanns Erzählungen‹ herausgesprungen zu sein schien. Rothaarig. Bleich. Über ihrem Umstandskleid hielt sie einen Muff gegen ihren Schoß gepreßt, als wollte sie das Kind darunter schützen ... Suchend ließ sie ihre Blicke durch das Gewölbe schweifen ... und verschwand dann ebenso leise, wie sie gekommen war.

Während man sich noch über die seltsame Erscheinung unterhielt, mahnte das Verstummen des Gesanges im oberen Stock, daß es Zeit sei, an den Aufbruch zu denken, wenn man sich noch umziehen und die Ouvertüre nicht versäumen wollte. Denn wer in der Künstlerloge saß, mußte im Smoking erscheinen; das war strenge Vorschrift.

Auch Peterhans machte sich zu Hause schön. Und dann beeilte er sich, ins Theater zu kommen. Unterwegs traf er Brütjam.

Als sie sich dem Theater näherten, packte dieser plötzlich Peterhans am Arm und zeigte auf die hellerleuchteten Eingänge längs der Theaterfront.

Seltsam!

Es war doch fünf Minuten vor Beginn der Vorstellung, aber die Leute, die sich da in den Eingängen drängten, drängten nicht in das Theater hinein, sondern aus dem Theater heraus!

War die Vorstellung plötzlich abgesagt worden?

Ja! ... Die Bartels sei erkrankt, sagten die Leute! Aber man hatte sie doch noch vor einer Stunde üben hören!

Als die beiden durch das Bühnentürchen kamen, erfuhren sie mehr.

Die Bartels war tot.

Nein – kein Herzschlag.

Sie war ermordet worden.

Als sie nicht rechtzeitig in ihrer Garderobe zum Schminken erschien, hatte man zu Gecelli geschickt. Dort hatte man sie in ihrem Zimmer, tot, in einem Sessel sitzend, gefunden. Der Arzt stellte fest, daß die Kugel durch den Leib ins Herz gedrungen war.

Inzwischen kam die Nachricht, daß man eine rothaarige Frau am Bahnhof verhaftet habe in dem Augenblick, als sie den Berliner D-Zug besteigen wollte.

Sie war aufgefallen durch ihr seltsames Benehmen und einen Muff, den sie fest gegen den Leib preßte und der gar nicht in die Jahreszeit paßte.

Sie leugnete nichts. Sie sei vor der Bartels auf die Knie gefallen und habe sie beschworen und gebeten, von ihrem Manne, dem Vater ihres werdenden Kindes, abzulassen. Als die Bartels sie anherrschte, aufzustehen und zu verschwinden, habe sie abgedrückt, und die Kugel des im Muff verborgenen Revolvers sei der Ehebrecherin durch ihren schamlosen Schoß ins Herz gedrungen ... Und sie bereue nichts ...

Wie ein Lauffeuer verbreitete sich die Nachricht in der kleinen Stadt. Die Aufregung war unbeschreiblich. Eine halbe Stunde später waren alle Lokale überfüllt. Man wollte Näheres hören.

Auch die Künstlerkneipe. Ganz hinten saßen die Mitglieder des Theaters wie eine Gruppe begossener Pudel.

Aber kann eine deprimierte Stimmung an einer Künstlertafel ewig währen?

Mitnichten!

Bald fiel denn auch die erlösende Bemerkung. Sie kam aus dem sächsischen Munde des Kollegen Albert, der seiner verspäteten Einfälle wegen »Albert der Plötzliche« hieß. Sie lautete:

»Da hätte se ihre Gollaraturen eichentlich gar nich mähr zu üben brauchen!«

Das seelische Gleichgewicht der Tafelrunde war wiederhergestellt.

In dieser Nacht war Lämmchen mal wieder nicht zu bändigen. Sie benahm sich vor Aufregung und Angst wie eine Schlingpflanze.

Abschied

Ein Mord in einer Kleinstadt wirkt immer besonders grauenhaft und wiegt an Sensationen zehn Morde in einer Großstadt auf. Da sind einmal die anständigen Bürger, die ehrlich betroffen sind. Dann gibt es die Lokalpatrioten, stolz darauf, daß ihre kleine Stadt sich so schön entwickelt hat. Sie würden um keinen Preis die Sensation missen wollen und würden das Ereignis nicht ungeschehen machen, wenn sie es könnten. Trifft das Unglück nun gar einen Bühnenkünstler, so sind die Hämischen da, die sagen: »Ja, ja, es ist nicht alles Gold, was glänzt«, wobei sie selbst nicht genau wissen, was sie damit meinen! Dann sind da die Klatschbasen weiblichen und männlichen Geschlechtes, die es immer schon gewußt haben, daß es einmal so kommen mußte!

Zur Ehre der Rostocker sei gesagt, daß die Trauer über das Unglück, das ihr Stadttheater und ihre Primadonna getroffen hatte, ehrlich war.

Aber sie fühlten sich plötzlich nicht mehr so sicher in ihrer kleinen Stadt. Und als am Tage der Beisetzung der Bartels es ruchbar wurde, daß der Lyrische Selbstmord begangen habe, da wurde es ihnen unheimlich.

Ja! Unser Lyrischer hatte sich auf seine stille Art gedrückt. Seine Stimme hatte er wohl doch nicht wiedergefunden. Er lag tot auf dem Sofa, völlig angekleidet. Auch die Gummischuhe hatte er an. Er sah sehr friedlich aus. Ein kleines, fast blutloses Loch in der rechten Schläfe unter dem goldenen Brillenbügel störte kaum. Das mokante Lächeln der Toten hatte er nur angedeutet. Er war immer ein rücksichtsvoller Kollege gewesen.

Dieser zweite Gewalttod in einer Saison versetzte das Bühnenvölkchen in Panik. Wer würde – nach einem alten Aberglauben – der dritte sein? ... Der sonst so gefürchtete Saisonschluß wurde herbeigesehnt.

Für Peterhans war die Rostocker Zeit nicht schlecht. Er hatte Routine bekommen, hatte seine Sprechtechnik verbessert und sich »nach vorn gespielt«. Der Ruf an das Intime Theater in Nürnberg, das als die beste Konversationsbühne der deutschen Provinz und als Sprungbrett für Berlin galt, war die Krönung. Dort weilten schon seine Gedanken. Die Rostocker Saison durfte von ihm aus zu Ende gehen.

Die von allen herbeigesehnte letzte Vorstellung

war glücklich vorbei. Die Abschiedsfeier in der Klause gestaltete sich recht feucht.

»Die Iden des März sind vorüber«, spottete Armand beim Abschied.

»Aber noch nicht *ganz*«, warnte Petzold.

Diese Worte blieben Peterhans unangenehm im Ohr, als er mit schwerer Schlagseite um drei Uhr morgens seine Wohnung ansteuerte.

Sollte *er* der dritte sein?

Das Öffnen des Haustores bereitete ihm einige Schwierigkeiten.

Im Hausflur drin war es dunkel wie in einem Sarg. Elektrische Treppenbeleuchtung gab es damals noch nicht. Man war auf seinen Tastsinn angewiesen. Wie gut, daß Peterhans in weiser Voraussicht für solche Situationen die Treppenabsätze und die Stufen bis zu seiner Bude gezählt hatte. Es gab drei Treppenabsätze: Bis zum ersten waren es zwölf, vom ersten zum zweiten waren es zehn und vom zweiten zum dritten acht Stufen. Also leicht zu merken: immer zwei weniger. Und beim dritten Absatz war gleich rechts der Eingang zu seiner Wohnung.

Dieses Zählsystem hatte sich immer sehr bewährt.

Aber nein, heute klappte es nicht. Wohl zählte er bis zum ersten Absatz zwölf, und von dort bis zum zweiten Absatz zehn, aber beim dritten Absatz kam nach der achten noch eine *neunte* Stufe!

Nein! Er ging den Absatz noch einmal hinunter und begann wieder zu zählen: ... sechs, sieben, acht, *neun*! Nanu!

Es kam sogar noch eine *zehnte* Stufe!

Nicht doch!

Es kam auch noch eine *elfte* Stufe!

Nein, so besoffen konnte er doch nicht sein!

Er ging alle drei Absätze noch einmal runter. Und dann wieder rauf. Erster Absatz: zwölf – stimmt! Zweiter Absatz: zehn – stimmt! Dritter Absatz: – jetzt durften nur noch acht kommen – ... sechs ... sieben ... acht ... nein! Zehn! Elf! *Zwölf!*

Peterhans brach der Schweiß aus. Er tastete mit dem Spazierstock nach vorn. Es ging abgrundtief hinunter ... Er suchte links das Geländer. Es gab kein Geländer! ... Er griff rechts nach der Wand! Es gab keine Wand! ... Nichts als Abgründe ringsum ...

Da brüllte er aus vollem Halse um Hilfe. Kein Zweifel: das Delirium tremens war ausgebrochen. In Bewegungslosigkeit erstarrt, hörte er rechts unter sich schlurfende Schritte.

Eine Tür wurde geöffnet.

Da stand seine Wirtin, mit einer brennenden Kerze in der Hand.

»Um Gottes willen, Herr von Binningen, was machen Sie denn auf meiner Blumenetagere?!«

Am Nachmittag war Großreinemachen gewesen. Jemand hatte das Gestell so ungeschickt stehenlassen, daß es eine Fortsetzung der Treppe bildete.

Und das ist ja nun wirklich nicht in Ordnung!

Unser am ganzen Leibe zitternder Held wurde von seiner Wirtin zu Bett gebracht. Und sie mußte seine Hand halten, bis er eingeschlafen war.

Er war eben doch immer noch kein richtiger hundertprozentiger Held.

Hoffentlich ändert sich das bald.

Nürnberg

Nürnberg ist berühmt durch seine Lebkuchenfabrik und durchs Annerle.

Die Lebkuchenfabrik von Haeberlein-Metzger wurde im Jahre – der Chronist hat keine Ahnung in welchem – gegründet, das Annerle jedenfalls bedeutend später.

Sie war, als Peterhans sie kennenlernte, siebzehn Jahre alt, blond, blauäugig und lachend. Sie hatte eine winzige, wie gestochene Handschrift, so wie einer von den sieben Zwergen sie gehabt haben könnte, wenn einer von den sieben Zwergen hätte schreiben können.

Ihre gerade, ungekünstelte Art entzückte Peterhans immer wieder. Die Liebeserklärung zwischen den beiden hatte sich folgendermaßen angehört:

»Annerle, ich glaube, ich habe dich lieb!«

»I glaub's net!«

»Glaub mir's bitte!«

»I glaub' dir's!« Kuß.

Das geschah am Dutzendteich.

Da Peterhans sehr verliebt war ins Annerle, war er ihr auch treu. Das war sein Glück. Denn bei einem weniger geregelten Leben hätte er die Aufgaben, die seiner im Theater harrten, nicht erfüllen können. Er spielte jetzt das »Fach der guten Rollen«, was sehr ehrenvoll war, aber auch außerordentlich anstrengend. Jeden zweiten Montag gab es Premiere eines modernen Klassikers, eines Ibsen, Hauptmann oder Sudermann, jeden zweiten Sonnabend eines modernen, meist französischen Lustspieles oder Schwankes. Das bedeutete, daß er alle sieben Tage eine Riesenrolle neu zu lernen und zu bewältigen hatte, und das an einer Bühne, deren Tradition zu ausgefeiltestem Kammerspiel verpflichtete! Keine Opernabende, an denen man sich ausruhen konnte! Abend für Abend spielen! Tag für Tag Proben! Sonntags zwei Vorstellungen!

Es ist nicht die Absicht des Chronisten, sich und

den Leser mit der Aufzählung der Erfolge zu langweilen, die Peterhans nun in allen Rollenfächern, vom Jüngling bis zum Greise, einheimsen konnte. Diese Erfolge und die Aussicht auf ein Engagement in Berlin ließen ihn alle Schwierigkeiten überwinden.

Dabei half ihm Annerle in rührender Weise. Wenn ihm Zweifel an sich selber kamen, wußte sie von Zuschauern zu erzählen, die ob seiner Leistung fast in Ohnmacht gefallen seien, und von Kritikern, die sie beobachtet hätte, die vor Verwunderung nur immer so die Köpfe geschüttelt hätten.

»Das glaube ich ohne weiteres«, meinte Peterhans. Hier noch ein Dialogfetzen zwischen den beiden:

»Annerle, ich habe etwas auf der Seele.«

»Sag mir's.«

»Du darfst dich nicht *zu sehr* verlieben.«

»Weilst mich net heiraten magst?«

»Von nicht mögen kann gar keine ...«

»I hab' dich viel zu lieb, als daß i dich heiraten möcht'!«

»Wie ist das?«

»Wannst jetzt bei mir bist, weiß ich, daß du bei mir bist, weilst mich liebhast, und net, weilst mit mir verheirat' bist.«

»Du bist ein süßes Mädel!«

»An Durst hab' i auch!«

»Was willst du trinken?«

»A Bier!«

Dieses »a Bier« entzückte Peterhans immer wieder. Es paßte so gar nicht zu dem feinen Gesichtchen und dem ganzen schlankgliedrigen Geschöpfchen. Aber das schlankgliedrige Geschöpfchen war halt aus Nürnberg.

So waren sie also sehr glücklich.

Da geschah es eines Tages, als sie ihn von der Probe abholte, daß er ihr ansah, daß sie geweint hatte. Das paßte nun auch nicht zu ihr.

»Was ist los?« fragte Peterhans.

»Du betrügst mich! Du bist ein Schürzenjäger und Frauenverführer!«

»Wer sagt das?«

»Der Gaffner.«

Gaffner war ein Kollege vom Theater.

»Zu wem hat er das gesagt?«

»Zu mir.«

»Und du hast dir das angehört!?«

Er ließ sie stehen. Er ging ins Theater zurück, wo Gaffner, wie er wußte, noch Probe hatte.

Gaffner war ein dicklicher junger Schnösel, mit einem Gesicht aus Milch und Honig, das zum Ohrfeigen geradezu einlud.

Peterhans fand ihn in der Garderobe und stellte ihn zur Rede. Als Gaffner mit schlechtem Gewissen anfing zu stottern, ersparte ihm Peterhans eine detaillierte Antwort, indem er ihm rechts und links eine schmierte. Und als jener die Flucht ergriff, kriegte er ihn gerade noch am Rockschoß zu fassen, wobei der Cutaway, den der Geck trug, von unten bis oben zerriß, wie der Vorhang im Tempel. Woher unser Held, der ja kein Athlet war, die Kraft nahm, wissen wir nicht. Jedenfalls stellte er ihn mit dem Rücken gegen die Wand und gab ihm noch zwei Watschen.

Darauf verließ er das Theater. Aber nicht durch die Bühnentür. Er wollte Annerle jetzt nicht begegnen. Er war wütend, daß sie diesem Stutzer so bereitwillig geglaubt hatte.

Am Abend nach der Vorstellung stand kein Annerle vor der Bühnentür.

Peterhans ging ins Tucherbräu, ihr gemeinsames Stammlokal, und spülte seinen Ärger mit einigen Maß Tucherbier hinunter. Er saß so, daß er die Tür beobachten konnte, durch die Annerle kommen mußte, falls sie vielleicht doch noch kam. Aber sie kam nicht. Wütend ging Peterhans schlafen.

Am nächsten Morgen um acht Uhr erschienen zwei Herren im Gehrock in seiner Bude.

»Mein Name ist Gaffner«, schnarrte der Ältere, der über der Weste das Farbenband einer Studentenverbindung und parallel dazu über der linken Backe einen riesigen Schmiß trug. »Mein Begleiter ist Kommilitone Schneider. Wir kommen als Sekundanten meines Bruders, der Ihnen seine

Forderung durch uns überbringen läßt. Und zwar auf Säbel sine sine.«

»Sine – was?«

»Sine.«

»Aha! Sagen Sie Ihrem Bruder, daß, wenn er noch etwas von mir will, er gern noch ein paar Backpfeifen haben kann. Und lassen Sie mich jetzt bitte allein. Ich brauche meinen Schlaf. Ich habe heute noch eine anstrengende Probe.«

»Sie kneifen?«

»Wenn ich mich duelliere, dann nur auf Pistolen.« Unser Held nahm an, daß Gaffner von seinem Bruder auf Säbel eingepaukt war.

»Wir sind auch mit Pistolen einverstanden. – Wollen Sie uns Ihre Zeugen nennen!«

»Ich muß erst sehen, ob ich unter meinen Kollegen jemand finde, der albern genug ist, sich dazu herzugeben. Sie können mich um elf Uhr auf der Probe treffen. Dann werde ich Ihnen meine Zeugen nennen. – Und sagen Sie Ihrem Bruder, daß ich *nicht* in die Luft schießen werde, sondern genau ziele. Und das soll er auch tun. Sonst trifft er mich am Ende. Guten Morgen.«

Kaum war Peterhans wieder eingeschlafen, wurde er von seiner Wirtin ans Telephon gerufen.

Ferngespräch!

Der Agent Frankfurter meldete sich: »Barnowsky interessiert sich für Sie. Sie sollen bei ihm auf Engagement gastieren. Er hat dasselbe Stück auf dem Repertoire wie ihr augenblicklich. Wie heißt es doch? Sie spielen darin den *Hausmann*.«

»Ja, ja.«

»Und in dieser Rolle werden Sie gastieren. Und zwar morgen.«

»Ich bin doch jeden Abend hier beschäftigt.«

»Morgen habt ihr *Bunten Abend*, da läßt Ihr Direktor Blum Sie frei. Ich habe schon mit ihm gesprochen. – Also einverstanden? – Wenn Sie gefallen, sind Sie auf fünf Jahre an das *Kleine Theater* in Berlin verpflichtet. Wie schmeckt Ihnen das?«

»Sehr gut, Herr Frankfurter.«

»Hals- und Beinbruch!«

Peterhans ließ sich aus dem Bett fallen und versuchte, einen Kopfstand zu machen. Dann erinnerte er sich, daß vor der Erfüllung des »Berlintraumes« noch zwei Dinge standen: das Gastspiel, in dem er gefallen mußte, und das Duell, in dem er nicht gefallen sein durfte!

Zwei Kollegen, Größer und Pabst, erklärten sich bereit, als Sekundanten zu figurieren. Sie begaben sich sofort zu den gegnerischen Zeugen, um das Duell für morgen früh zu vereinbaren, damit Peterhans dann einen freien Kopf für sein Gastspiel hätte. Es stellte sich aber heraus, daß die kommentmäßigen Pistolen nicht so schnell aufzutreiben waren. So wurde das Rendezvous für übermorgen früh sechs Uhr vereinbart. Das war also am Morgen nach dem Berliner Gastspiel.

Man fuhr damals etwa sieben Stunden von Nürnberg nach Berlin. Wenn Peterhans mittags um elf Uhr planmäßig von Nürnberg abfuhr, konnte er abends um sieben Uhr in Berlin in der Garderobe sein, um sich anzukleiden und zu schminken. Um zehn herum war die Vorstellung zu Ende, so daß er seinen Zug um 10.45 Uhr erreichen konnte. In der Pause war reichlich Zeit, mit Barnowsky zu verhandeln. Und am nächsten Morgen konnte er pünktlich zum Duell zurück sein. Und in die Luft schießen!

In Berlin gab es gleich einmal eine Enttäuschung. Niemand von der Direktion war anwesend. Kein Mensch kümmerte sich um ihn. Nur der Garderobier und der Friseur wußten von einer Umbesetzung des »Hausmann«.

»En Prachtstück, wat Se uns da mitbringen«, sagte Friseur Thomas, als Peterhans seine Perücke auspackte, »nur schade, daß Se so wat hier nich uffsetzen könn! Unser Theater is so intim, det de Leute jedet falsche Haar in de Kehle kriejen. Bei uns müssen Se rauskomm'n wie Jott Se jeschaffn hat. Nur 'n biscken heb'n kann ick Ihn' die Schläf'n, damit der Bouillonkopp besser rauskommt, den Se sich da anschein'nds vorjestellt ham!«

Peterhans war verzweifelt. Seine ganze Charakteristik würde doch nicht mehr stimmen!

Der Friseur beruhigte ihn: »Die Herren aus der Provinz, die komm'n sich ümmer nackt vor, ohne so 'ne Pudelmütze uff'n Koppe, aber se gewöhn'n sich alle dran.«

Er brannte ihm die Haare ein wenig und staubte sie grau. Das brauchte seine Zeit. Peterhans kam kaum zu seinem Auftritt zurecht. Er hatte nicht einmal Gelegenheit gefunden, sich den Kollegen vorzustellen, denen er nun auf der Bühne gegenüberstand.

Wie er an diesem Abend spielte, das wußte er selber nicht. Er wußte nur, daß er todunglücklich war. Er hatte das Gefühl, seine Bewegungen paßten nicht zu seiner Maske, seine Maske nicht zu seiner Sprache – es paßte überhaupt nichts! Und bei seinem Abgang fehlte ihm der Szenenapplaus, an den er in Nürnberg gewöhnt war. Zutiefst entmutigt schminkte er sich ab.

Durchgefallen!

Da sich immer noch niemand von der Direktion sehen ließ, ging er zum Bahnhof und wartete auf seinen Zug. Appetit hatte er keinen.

Das Duell

Im Zuge versuchte er zu schlafen. Vergeblich. Die erste Niederlage traf ihn zu sehr. Seine Karriere war beendet! Er hatte versagt! Die Aussicht auf das Duell hatte ihn weniger gestört, aber der Perükkenzwischenfall hatte ihn fertiggemacht. Er hatte ganz einfach die Nerven verloren. Und das ist das einzige, was einem Schauspieler nicht passieren *darf*!

Auf dem Nürnberger Bahnsteig erwartete ihn sein Sekundant Größer mit Peterhans' Gehrock und Zylinder über dem Arm und grinste.

Dieser Anblick gab ihm seinen Humor wieder.

»Wie war's?« fragte Größer.

»Scheibenhonig.«

»Fein! Das ist die richtige Stimmung, jemanden totzuschießen.«

Er verstaute Peterhans in eine wartende Droschke, und los ging es, Richtung Dutzendteich.

»Der Himmel scheint dem Unternehmen nicht günstig«, bemerkte Größer. »Sieht ganz nach Regen aus.«

Es tat wohl, einen Freund neben sich zu haben! Größer erfreute sich allgemeiner Beliebtheit. Nicht nur, daß er den jüngeren Kollegen das Florettfechten beibrachte, er war auch wegen seines Witzes geachtet und gefürchtet. Als zum Beispiel Direktor

Blum, der selbst gern, wenn auch schlecht, Theater spielte und der auf dem besten Wege war, den Ruf des Intimen Theaters, den es unter Meßthaler erworben hatte, durch seine gelegentliche Mitwirkung zu ruinieren, sich nicht entblödete, in dem Stück ›Der Fremde‹ die Hauptrolle zu spielen, leistete sich Größer eine herrliche Bemerkung.

Dieser »Fremde« kommt in eine Pension voller schlechter Menschen und bekehrt jeden einzelnen durch seine unwiderstehliche Anständigkeit und Lauterkeit. Es ist die Absicht des Dichters, daß der Zuschauer erst ganz zum Schluß ahnen soll, daß dieser »Fremde« Christus in moderner Gestalt ist. Was tat Blum? Um zu zeigen, daß er die Rolle verstanden hatte, spielte er sie vom ersten Auftritt an in Stulpenstiefeln und Christusbart! Die Wut des Ensembles war groß. Und als in der Premiere Blum mit seiner heiseren Stimme nach dem Garderobier brüllte, rief Größer zurück: »Bist du Gottes Sohn, so hilf dir selber!«

Die Droschke hielt vor einem kleinen Gasthaus am Waldrand, dessen Wirt von dem frühen Unternehmen unterrichtet war.

In der gemütlichen kleinen Gaststube saß bereits der Arzt und frühstückte neben seinem »Besteckkasten«. Der Geruch von Bratkartoffeln, Speck und Eiern drang Peterhans in seinen übernächtigten, ausgehungerten Magen. Der Arzt unterhielt sich kauend mit dem Präsidenten des Ehrengerichts. Man hatte den Dramaturgen des Stadttheaters für diesen Posten bemüht. Doktor Seitz schlürfte ein Glas Grog.

Beides – Bauernfrühstück und Grog – bestellte sich auch Peterhans.

In einer anderen Ecke des Zimmers war ein Tisch für die Gegenpartei hergerichtet, die vorläufig noch durch Abwesenheit glänzte.

Nein – da kamen sie gerade an: Gaffner, bleich wie ein Bel-Paese-Käse, sein Bruder, der Korpsstudent, und der andere gegnerische Zeuge, Herr Schneider.

Sie machten eine formelle Verbeugung – Gaffner eine besonders betonte – und setzten sich.

Gaffners Augen suchten die von Peterhans. Sie wollten sagen: »Wenn du danebenschießt, schieße ich auch daneben!« Aber die Augen von Peterhans blickten kalt wie die eines Kabeljaus. Gaffner wurde noch blasser.

Peterhans stürzte sich auf sein Bauernfrühstück.

Inzwischen hatte ein Wolkenbruch eingesetzt, bis zu dessen Beendigung man den Ehrenhandel aufzuschieben beschloß.

Der Wirt führte einen ausgezeichneten Beaujolais, der alsbald an beiden Tischen munter floß. Ohne dieses blöde Duell wäre es ausgesprochen gemütlich gewesen!

Nur Gaffner trank nicht, wie Peterhans feststellte. Hatte er keinen Durst, oder wollte er seine Zielsicherheit bewahren? Zum ersten Male kam Peterhans der Gedanke, daß es vielleicht saudumm von ihm gewesen war, den Gegner zu reizen. Er wußte, daß er seinerseits es nicht über sich gewinnen würde, Löcher in diesen Bel-Paese-Käse zu schießen. Warum hatte er ihn dann so großmäulig aufgefordert, genau zu zielen? – Ja, ja, zwei Tage vor dem Duell sehen sich die Dinge anders an als eine Viertelstunde davor!

Aber jetzt war es zu spät!

»Du mußt ein paar Zeilen an deine Mutter schreiben«, sagte Größer, »man kann nie wissen!«

Peterhans sträubte sich immer noch, an den Ernst der Situation zu glauben. Aber Größer reichte ihm Papier und Füllfeder.

»Los! Für den Fall der Fälle. Es gehört sich so.«

Und Peterhans schrieb ein paar Zeilen, die ihn weicher machten, als er es wünschte.

Größer steckte sie ein.

»Ich sende sie natürlich nur im Bedürfnisfall.«

»Heißt das nicht Bedarfsfall?«

»Also Bedarfsfall!«

»Apropos: Bedürfnisfall«, sagte Peterhans und ging hinaus.

Beim Verlassen des Lokus drückte er seinem Gegner die Klinke in die Hand.

»O Pardon«, sagten beide.

Stumme Verbeugung.

»Navigare necesse est«, scherzte Gaffner.

»Vivere *non* necesse est«, gab Peterhans zum besten, ohne zu bedenken, daß er damit schon wieder eine Drohung ausgestoßen hatte. Nun begann die übliche Türquälerei. Jeder wollte den andern an sich vorbeilassen und trat ihm dabei prompt in den Weg. Das wiederholte sich ein paarmal, bis Peterhans den höflichen Gaffner mit sanftem Druck gegen die Lokustür preßte und an ihm vorüberglitt.

Inzwischen hatte der Ehrenrat nach einer Versöhnungsmöglichkeit getastet, aber seine Bemühungen scheiterten an der sturen Haltung von Gaffners Bruder, dem Korpsstudenten. Das reizte Größer, folgende Erklärung aufzusetzen und zur Annahme zu empfehlen, womit der Ehrenhandel aus der Welt geschafft sein sollte:

Erklärung

Herr Gaffner erklärt:

daß er Herrn von Binningen nicht habe beleidigen wollen, als er von ihm erzählte, er sei ein Schürzenjäger und Frauenverführer, sondern daß er in Treu und Glauben diese Gerüchte weiterleitete, weil er sie für durch und durch wahr hielt. Nachdem diese Gerüchte aber nunmehr als unwahr erklärt wurden, zögert Herr Gaffner nicht, sein Bedauern darüber auszusprechen, daß er Herrn von Binningen einen Schürzenjäger und Frauenverführer genannt hat.

Herr von Binningen erklärt:

daß er Herrn Gaffner nicht habe beleidigen wollen, als er ihm links und rechts eine schmierte und ihm den Cutaway zerriß, sondern daß dieses im Affekt und aus Empörung geschah über die Behauptung seines Herrn Gegners. Nachdem nun aber dieser sein Bedauern darüber ausgesprochen hat, Herrn von Binningen einen Schürzenjäger und Frauenverführer genannt zu haben, nimmt auch Herr von Binningen keinen Anstand, sein Bedauern darüber auszusprechen, daß er Herrn Gaffner links und rechts eine geschmiert und ihm den Cutaway zerrissen hat.

Während Gaffner sofort bereit war, diese Erklärung zu unterzeichnen, ging sein Bruder wie eine Rakete in die Luft. Er pflanzte sich vor Größer auf, klemmte sein Monokel ins Auge und ließ sich wie folgt vernehmen:

»Mein Herr – ich habe im Augenblick Ihren Namen vergessen –«

»Größer«, half ihm Größer aus. »Sie finden den Namen jeden Abend auf dem Theaterzettel, wenn Sie gehen, Ihren Bruder zu bewundern. Ganz oben auf dem Zettel.«

»Also, Herr Größer, ganz oben, ich möchte mir die Frage erlauben, ob Sie sich wohl erdreisten wollen, mich zu verhühner... verhühnern... ver...«

»Ich will Sie weder verhühnerpopeln noch verhohnepiepeln – das war wohl das Wort, das Sie suchten. Wenn Sie aber so wenig vertragen können, daß Sie bereits jetzt stammeln, sollten Sie es mit Brauselimonade versuchen.«

»Sie werden sich mit mir schlagen!«

»Und zwar sofort!«

Im nächsten Augenblick war eine Rauferei unter den Sekundanten im Gange, die jedem Wildwestfilm zur Ehre gereicht hätte.

Peterhans benutzte die Gelegenheit, die Pistolen zu ergreifen.

»Kommen Sie, Gaffner, wir erledigen inzwischen unsere Sache draußen«, sagte Peterhans.

Seine Stimme klang freundlich.

Sie gingen hinaus, zählten fünfzehn Schritte ab und schossen in die Luft.

Der Arzt stürzte mit seinem Besteckkasten aus der Tür.

»Bleiben Sie lieber drin. Da werden Sie nötiger gebraucht«, sagte Peterhans und schob ihn ins Lokal zurück.

»Nimm die Droschke, Peterhans«, rief Größer, »und fahr nach Hause und schlaf dich aus! Ich erledige hier schon alles!«

Peterhans wandte sich an Gaffner: »Kommen Sie mit?«

»Wenn ich darf!?«

»Sie dürfen.«

Die Droschke fuhr los.

»Ich habe mich gemein gegen Sie benommen«, sagte Gaffner nach einer Weile. »Ich bitte Sie um Entschuldigung.«

»Dafür müssen Sie die Droschke bezahlen.«

»Mit Vergnügen. – Darf ich fragen, ob Ihr Berliner Gastspiel ein Erfolg war?«

»Ich weiß es noch nicht. Aber ich glaube nicht.«

Die Droschke hielt.

»Gute Nacht. – Schönen Gruß an Ihren Bruder!«

»Mein Bruder kann mich!«

»Mich *nicht*!«

»Soll ich ihm das wiedersagen?«

»Wird er mich fordern?«

»Nehmen Sie es zurück?«

»Ich nehme es zurück: Er kann mich auch!«

»Das erledigt die Sache.«

»Sie werden mir immer sympathischer! – Gute Nacht! – Vielmehr: guten Morgen!«

Zu Hause gab Peterhans Auftrag, bis zur Vorstellung nicht geweckt zu werden.

Dann schlief er wie ein Toter.

Als er abends das Theater betrat, fand er zwei Telegramme vor:

»Vertrag perfekt. Kleines Theater Berlin.«

Das andere lautete: »Vertrag perfekt. Gage 300 bis 600 steigend. Gratuliere Frankfurter.«

Peterhans war sehr glücklich.

Man soll den Tag nicht vor dem Abend tadeln, dachte er.

Nach der Vorstellung stand Annerle am Bühnentürchen.

»I wollt' dir nur mitteilen, daß i a blöde Gans bin«, sagte sie.

»Schon gut, Annerle. – Was trinken wir zur Versöhnung?«

»A Bier.«

Als sie im Tucherbräu Platz nahmen, fragte sie: »Wo warst denn gestern den ganzen Tag?«

»Mußt du das genau wissen?«

»Freili.«

»Mittags bin ich nach Berlin gefahren, abends habe ich dort im Kleinen Theater auf Engagement den *Hausmann* gespielt, nachts bin ich zurückgefahren und heute morgen habe ich mich duelliert.«

»Du hast di – was?«

»Duelliert.«

»Mit wem?«

»Mit Gaffner.«

Annerle wurde blaß wie Wachs.

»Soll ich dem Fräulein ein Glas Wasser bringen?« fragte die besorgte Kellnerin.

»Nein«, sagte Peterhans, »a Bier.«

Nach Berlin

»Wir wollen eine Wette mit dem Schicksal machen«, sagte Peterhans, als Annerle ihn zwei Monate später zur Bahn begleitete. »Wenn der Zug auf die Minute pünktlich einläuft, dann werde ich Glück haben in Berlin!«

»Ja was glaubst! So a Zug kommt auf die Sekunde«, sagte Annerle.

Noch auf dem Bahnsteig vermieden sie es, vom Abschied zu sprechen.

»Es fehlt nur noch eine Minute«, sagte Peterhans, »und noch ist nichts vom Zug zu sehen und zu hören.«

»Achtung! Achtung!« ertönte die Stimme des Stationsvorstehers. »D-Zug Berlin auf Gleis eins. Nur eine Minute Aufenthalt. Beeilen beim Einsteigen! – Bitte zurücktreten!«

Und schon sah man das Ungetüm von D-Zug-Lokomotive um die Kurve flitzen. Die Bremsen kreischten und spuckten Funken. Der Zug stand.

Der Zeiger der Bahnhofsuhr sprang auf die im Kursbuch festgelegte Ankunftsminute.

»Auf Wiedersehen, Annerle!« Er versuchte sie trotz des vielen Handgepäcks zu küssen.

»Mach, daß d'neinkommst!« Sie wollte nicht, daß er ihre Augen sah.

Peterhans stolperte ins Coupé, versuchte seinen Handkoffer im Gepäcknetz seines Gegenüber zu verstauen, rutschte, da der Zug schon wieder anfuhr, ab und haute den Koffer dem Herrn auf den Schoß.

»Sie gestatten«, sagte er. Er hatte sagen wollen: »Sie entschuldigen!«

Dann stürzte er ans Fenster, um Annerle noch zu sehen.

Er sah nur noch ein kleines weißes Taschentuch flattern.

Erschöpft sank er in seine Ecke.

Er schloß die Augen.

Bald kam ein glückliches Lächeln über die angespannten Züge. Was würden seine Eltern sagen – sie waren inzwischen von Halle nach Berlin-Wilmersdorf gezogen –, wenn er ihnen mit dem Vertrag ans Kleine Theater in die lieben Gesichter sprang? Heute noch! Von seinem Kommen hatte er sie nicht unterrichtet. Er stellte sich immer wieder seine Mutter vor, wenn er ihr die Glücksnachricht bringen würde. Wie stolz würde sie wieder auf »ihren Jungen« sein! Konnte sie aber auch! Nicht wahr? Er hatte immerhin den Traum jedes Schauspielers, nach Berlin zu kommen, nach nur vier Jahren Provinz geschafft. Manche brauchten dazu vierzehn Jahre. Manche vierzig. Und die meisten schafften es überhaupt nicht. Freilich wußte er, noch schwerer als nach Berlin zu kommen, war es, sich dort zu behaupten! Aber daran wollte er jetzt nicht denken. Jetzt wollte er sich erst einmal freuen:

Auf das künstlerische Arbeiten in Berlin! Sechs bis zehn Wochen Proben anstatt zweier! Befreit sein von der Qual des allnächtlichen Rollenlernens! Die Aussicht, wenn ein Stück Hunderte Male ging, monatelang probenfrei zu sein! Herrgott, es war nicht auszudenken! Aber wie, wenn er Hunderte Male eine »Wurzen« spielen mußte? Wenn nur zwei bis drei Premieren im Jahr steigen, wie sollte man zeigen, was man kann? Wie konnte man eine eventuelle Schlappe wiedergutmachen? Aber an all diese Gefahren wollte er jetzt nicht denken, zum Donnerwetter!

Er machte eine neue Wette mit dem Schicksal: Wenn der Zug auch in Berlin auf die Minute pünktlich ankommen würde, dann würde auch er »ankommen«!

Er bereute diese neue Wette sehr bald, denn in Halle mußten sie auf einen Anschluß warten und fuhren mit sechzehn Minuten Verspätung ab.

»Glauben Sie, daß er die Verspätung bis Berlin aufholen kann?« fragte er den Schaffner.

»Da können der Herr eine Hypothek drauf nehmen! Der Lokomotivführer ist aus Potsdam!«

Aus dem Labyrinth der riesigen hallischen Gleisanlagen schlängelte sich der Zug vorsichtig hinaus.

Dann aber legte er plötzlich los, als hätte er was vergessen ...

Das schaff' ich noch – das schaff' ich noch – das schaff' ich noch, sang der Rhythmus des Zuges in immer steigendem Tempo.

Peng – ging es über eine Weiche!

Schnettereteng – über ein ganzes Weichennest!

Wum – an einem Wärterhaus vorbei!

Dreckeckeckereck – über eine Brücke!

Huuuuuiiiii – durch eine Station, wo nicht gehalten wurde!

Die Telegraphendrähte sausten nach oben und unten. »Wie im Leben«, philosophierte Peterhans. »Immer, wenn man oben ist, kriegt man eins auf'n Deckel!«

Das Gepäck in den Netzen fing an zu tanzen.

In Wittenberg hatte man nur noch zehn Minuten Verspätung, in Jüterbog nur noch sechs, in Luckenwalde nur noch zwei!

Vor Berlin mäßigte der Zug die Geschwindigkeit vorschriftsmäßig und fuhr fast im Schritt über das Weichengewirr des Anhalter Bahnhofes. Als sie in die Halle einfuhren, sah Peterhans zum Fenster hinaus. Gerade sprang der Zeiger der Bahnhofsuhr auf die Ankunftsminute. Zehn Sekunden später stand der Zug.

Peterhans gab seinen Handkoffer und den Schein für das große Gepäck einem Träger.

»Nehm' wir ein Taxi, Herr Doktor?«

»Ja.«

»Dann sehen wir uns am Stand, Ausgang Anhalter Straße. Ik bin Nummer siebzehn, mein Herr.«

Siebzehn!

Peterhans' Glückszahl!

Er ging zum Erfrischungsstand und kaufte zwei Kistchen Zigarren zu zwanzig Stück und begab sich zur Lokomotive.

Das Ungetüm schwitzte noch aus allen Poren und schien noch immer atemlos.

Aus dem Fenster lehnte der Lokomotivführer mit der Pfeife im Munde.

»Die Verspätung habt ihr aber fein aufgeholt«, sagte Peterhans.

»Sie hab'n sich aber ooch so schön leicht jemacht, junger Herr!«

»Darf ich mir erlauben? Das zweite Kistchen ist für Ihren Heizer.«

»Schön'n Dank ooch! Hier, Willem! Bedank dir!«

»Danke ooch schön!«

»Viel Jlück in Bealin«, sagte der Lokführer.

»Ja! Viel Jlück ooch«, sagte der Heizer.

»Sie müssen mir Hals- und Beinbruch wünschen, meine Herren!«

»Hals- und Beinbruch! Wenn Ihn'n det liewa is!«

»Ja, Hals- und Beinbruch ooch!«

»Danke!«

Als Peterhans die große Bahnhofstreppe hinunterging, schlug ihm schon die geliebte Berliner Luft, die immer ein bißchen nach nassem Asphalt riecht, entgegen.

»Verzeihung, Herr Wachtmeister«, fragte Peterhans, »wenn ich hier rechts 'runtergehe, ist da dann die Anhalter Straße?«

»Jawoll! Die is ooch da, wenn Se *nich* da 'runterjehn!«

Kein Zweifel: Man war in Berlin! ...

BERLIN!

Interlog

Der Herr aus dem Prolog hat sich wieder gemeldet.
Nur von weitem.
Er machte eine fragende Geste.
Ich winkte ab.
Da winkte er auch ab.

Dennoch, meint mein Verleger, könne man sich auf die Langmut dieses Herrn nicht verlassen. Er sei schließlich kein Verleger, vertraut mit der Schreibfaulheit der Autoren. Und deshalb solle man veröffentlichen, was man hat! Was man hat, hat man, meint mein Verleger.
Daher die Einteilung in mehrere Bände.

Dieses war der erste.

Schaan, Juli 1960 *Curt Goetz*